SHANGHAI STORIES CU...

故事会

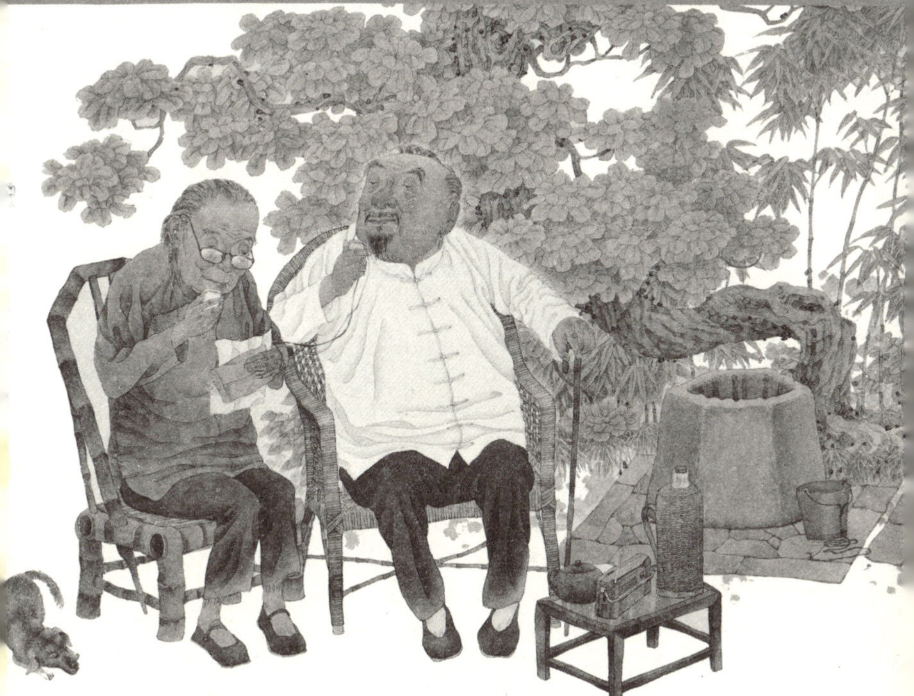

60岁的浪漫

上海故事会文化传媒有限公司
上海文艺出版社

图书在版编目（CIP）数据

60岁的浪漫 /《故事会》编辑部编．－－ 上海：上海文艺出版社，2019

（故事会．幽默讽刺系列）

ISBN 978-7-5321-6407-3

Ⅰ．①6…Ⅱ．①故…Ⅲ．①故事－作品集－中国－当代 Ⅳ．①I247.81

中国版本图书馆CIP数据核字(2017)第162894号

书　　名：	60岁的浪漫
主　　编：	夏一鸣
副 主 编：	吕　佳　朱　虹
责任编辑：	曹晴雯
发稿编辑：	吕　佳　朱　虹　姚自豪　丁娴瑶　陶云韫 王　琦　曹晴雯　赵媛佳　田　芳　严　俊
装帧设计：	周　睿
封 面 画：	谢友苏
责任督印：	张　凯
出　　版：	上海文艺出版社
出　　品：	上海故事会文化传媒有限公司 （200020　上海市绍兴路74号　www.storychina.cn）
发　　行：	上海文艺出版社发行中心（200020　上海市绍兴路50号）
印　　刷：	上海万卷印刷股份有限公司
开　　本：	787×1092　1/32　印张8
版　　次：	2019年7月第1版　2019年7月第1次印刷
书　　号：	ISBN 978-7-5321-6407-3/I·5125
定　　价：	25.00元

版权所有·不准翻印

 　上海故事会文化传媒有限公司 出品（00677）　
扫一扫二维码
故事会网上书店

上海故事会文化传媒有限公司所有图书可办理邮购，免收邮费（挂号除外）
汇款地址：上海市南绍兴路74号(200020)；　收款人：上海故事会文化传媒有限公司出版发行部
联系电话：021-64338113
如发现本书有质量问题，请与印刷厂质量科联系 T：021-56928178

编者的话

一、中华民族自古以来便有讲故事的传统。五千年的文明绵延不断，五千年的故事口耳相传，故事成为中华民族弥足珍贵的精神财富。

二、创刊于1963年的《故事会》杂志是一本以发表当代故事为主的通俗性文学读物。50多年来，这本杂志得风气之先，发表了一大批脍炙人口的优秀作品，许多作品一经发表便不胫而走、踏石留印，故而又有中国当代故事"简写本"之称。

三、50多年来，这本杂志眼睛向下、情趣向上，传达的是中华民族最核心、最基本的价值观。

四、为让读者在最短的时间内阅读最大面积的精品力作，《故事会》编辑部特组织出版《故事会·幽默讽刺系列》丛书。

五、丛书分为如下八本故事集：《60岁的浪漫》《超级粉丝》《顶级密码》《逗你玩》《模仿天才》《棋高一着》《乞丐打架》《一只猫与二十万》。

六、古人云：登东山而小鲁，登泰山而小天下。对于喜欢故事的读者来说，本丛书的创意编辑将带来超凡脱俗的阅读体验。

《故事会》编辑部

目录
Contents

妙语·博笑记
- 60岁的浪漫 …………………………01
- 拜年 …………………………………04
- 吵架 …………………………………07
- 城乡差异 ……………………………10
- 迟到的士兵 …………………………15
- 改姓的儿子 …………………………14
- 鸡蛋比西瓜大 ………………………16
- 奇才 …………………………………20
- 老相识 ………………………………23
- 急事儿 ………………………………25
- 傻小子结婚 …………………………27

痴人·奇遇记
- 买猫 …………………………………30
- 忠贞的赏赐 …………………………32
- 乡土演员 ……………………………34
- 灾难 …………………………………36
- 童话 …………………………………39
- 小矮丑与美男子 ……………………41
- 遭冷遇的男女 ………………………49
- 走邪运的富翁 ………………………54
- 紧急求援 ……………………………59
- 苦楝树作证 …………………………63

目录
Contents

继父…………………………………67
太阳岛奇事……………………………85

众生·变形记
出乎意料……………………………102
瓮中捉鳖……………………………104
我是你老子……………………………107
郑屠杀羊……………………………109
幽灵的报复……………………………113
这书是你买的吗………………………117
谁叫你提钱……………………………119
给牛看病……………………………122
后门大开……………………………124
拣便宜………………………………128
免费旅游……………………………132
奶水惹的祸……………………………136
骗子失算……………………………143
平安路………………………………146
神奇的播音员…………………………151
私人诊所来客…………………………153
天机不可泄露…………………………157

世间·颠倒记
抖官威………………………………177

愤怒的伙计	179
熟人	181
眼见为虚	184
一堆红木条	187
医生与病人	191
谁是骗子	194
谁比谁厉害	198
通知	200
我要学游泳	202
帮我一个忙	204
表声滴答	207
喝羊肉汤	210
难寻八小时	215
聪明反被聪明误	219
小偷的儿子	222
选贪官	225
这个乡长不一般	228
爱犬今年48	232
传染	234
狗证难办	236
鬼怕大肚	239
跌倒	241
局长回家	243

妙语·博笑记
miaoyu boxiaoji

多少真心话要借幽默之口才能道出,只是那时,我们不懂……

60岁的浪漫

这是一个冬天的夜晚,外面的小北风刮得挺紧,老嘎看了一会儿电视,在屋子里若有所思地转了一个圈,随后爬到热乎乎的炕头上,二话没说,抱起枕头一下就钻到了炕西头果子的被窝里。

果子嘟哝了一句:"过来就过来呗,还抱什么枕头?"

老嘎却一本正经地对果子说:"果子,从今天开始,咱一头睡觉吧?咱不分居了,同居到老。"

果子一听,"呲"的一声笑了起来:"结婚这么多年了,咱们哪天分居了?不都是一口锅里吃,一铺炕上睡?你知道什么叫'同居'?"

老嘎笑了,往果子跟前偎了偎,说:"你不用教我,我识文断字懂得比你多,我的意思是说,从今往后,咱俩天天在一头睡觉,行吗?"

果子一听,把身子往炕外挪了挪,说:"自打嫁给了你,都是我睡炕西头,你睡炕东头,几十年过来了,现在年纪一大把了却来个一头睡,你臊不臊?"

老嘎依旧往果子跟前偎:"臊?有啥好臊的!一头睡多好,你不见现在年轻人都是一头睡？你看咱俩，炕东一个，炕西一个，多不方便，钻过来钻过去的真叫麻烦，再说天冷还容易感冒。咱俩也学学年轻人，啊？"

果子不想和老嘎扯下去，就脸朝炕外不睬他。老嘎见果子不吱声，于是就偎在果子身后躺了下来。这一来，老嘎的脸正对着果子的后脑勺，老嘎呼出的气正好吹在果子的后脖子上，果子便感到不自在，总觉得身后像在刮小北风，以前是肩头的被一掖，严丝合缝的，怀里抱着老嘎的脚，又暖和又实在，灯一熄就进了梦香阁，可是今天空落落的不说，背后还来了一股歪风邪气，这觉咋能睡得着？果子想着就转过身来，故意对着老嘎的脸也大口地呼起气来。

这一呼，把老嘎给逗乐了，转过身也把后脑勺对准了果子的脸，果子就吹得更起劲了。老嘎受不了，缩着脖子说："要不咱俩背对背吧？"

果子憋着笑，就和老嘎背对背起来。

背对背比起一顺来的确好了不少，可肩头还是有缝，两个人还是不习惯。老嘎提议那还不如就来个面对面吧，于是两个人又转过身来。

起初，两个人隔了二尺远，中间当然有风；后来隔了一尺远，中间还是有风；再后来虽说靠近了些，可还是怎么试都有风。看来，要想密不透风，只有抱成团。

老嘎于是就抱着果子不放，果子大叫："老嘎呀，老嘎你疯了？"

老嘎说："你嚷什么？这是在做科学实验。"

果子知道犟不过他，只好由着他去。其实，果子心里也不是不想浪漫，只觉得自己年纪大了，假如时光能够倒流，那该多好哇！

浪漫了不到五分钟，老嘎压在果子下面的那只胳膊就酸溜溜的了，他一边抽出胳膊，一边问果子："那些年轻人都是这样抱成一团睡觉的吗？难道他们就不累了？再说，夜夜抱成团，感情该一天深似一天，可为什么现在年轻人离婚的却越来越多了呢?"

果子说:"他们年轻人火力大,不用抱着睡,被窝里透点风不要紧。咱们年纪大了,可经不起一点风吹草动哪!"

试来试去,看来要想被窝里不透风,两个人共一床被是不行的,于是老嘎和果子就一人一床被,分别将它折叠成筒状,各人钻各人的被窝,两肩头一掖,严丝合缝的,感觉好极了。老嘎明白了:原来年轻人是这么睡的。不研究不实践还真不知道哩,老嘎满意地笑了!

不知过了多少时候,老嘎还是没睡着,果子说她也睡不着,好像不习惯这种睡法,于是两个人就你一句我一句地拉起呱来。说到巡警太平的老婆和地邻宝成搞到一起的事,果子马上想到自己家的地邻也是一个又年轻又漂亮的媳妇,男人常年在外面做买卖,老嘎会不会也学宝成的样,先是你看我的苹果我看你的苹果,再是我给你去枝你给我去叶,大白天里苹果树下挤眉弄眼,夜里天一黑立马一头睡?

想到这里,果子试探着问了老嘎一句:"你不会是惦念上咱家的地邻了吧?"老嘎在被窝里拧了果子一下:"我还真想和人家一头睡,你发给我准睡证?"果子笑了,伸过手去,也拧了老嘎一下。

鸡快打鸣的时候,两个人都困了。朦胧中,果子伸手抱住老嘎的头摸了个遍:"哎呀,你这脚今晚咋毛茸茸的像猴脚?"

老嘎回答:"那不是嘎脚,是嘎头。"

天亮了好大一阵子,果子才醒。她身边,老嘎不见了,只有一只枕头。炕东头,老嘎钻在果子的被窝里,怀里抱着果子的脚,睡得正香。

(路一歌)

(题图:王中生)

拜年

大年初二上午,南金乡的伍乡长叫过司机小易,把一箱箱土特产塞进轿车,准备去县里给陆县长拜年。

一切准备停当,伍乡长正要坐进轿车,一个头发花白、左脚微跛的老汉手里拎着一只野鸡,走进了乡政府的大门。只见他乐呵呵地叫住伍乡长,说:"乡长,我给您拜年来了。"

伍乡长回头一看,这不是石家村的石坚强吗?这老头真够烦人的,仗着自己有点腿疾,又是个孤身老人,每年这个时候总要拿着张纸条来乡政府,不是要照顾就是要救济。哼,说得好听,什么"拜年",还不就是要钱来了!伍乡长厌恶地朝他瞥了一眼,正想说什么,就见石老汉有些讨好地举起手里的野鸡说:"乡长,今天一早套了只野鸡,特地给您送过来。"

伍乡长可没兴趣,摆摆手说:"谢谢啦,我无功不受禄,留着你自己吃吧。"

"我下套子,常能吃上。这东西味道又香又脆,您尝尝鲜吧。"

伍乡长不耐烦了:"我不要,你没事就回吧。"

"有事有事。"石老汉从口袋里掏出一张皱巴巴的纸来,"乡长,这个……这个,您给批个条吧。"

伍乡长不看也知道这条上写的是什么。他皱皱眉头说:"政府哪能没完没了地年年都照顾你一个人?去去去,我没空。"伍乡长返身要关车门。

石老汉急了,一把拉住伍乡长:"乡长,求您了。"

司机小易一见这情景,从车窗里探出头来,说:"老头,乡长今天要去县里给陆县长拜年,你还是改天再来吧。"

谁知石老汉一听,笑了:"陆县长?行呀,我不耽搁乡长给陆县长拜年的时间。陆县长这人没得说,昨天他还给我拜年哩!"

"什么?他给你拜年?"伍乡长顿时眼睛瞪大了。

石老汉越发得意了:"那还有假!陆县长还说了,你们乡干部今后谁不给咱农民办事,他就砸谁的饭碗。他把举报电话都给我了呢!"

"你没撒谎?"

石老汉眨眨眼:"我敢对您乡长撒谎吗?"

伍乡长的脸有点发白,他脑子转得飞快,态度一下子来了个一百八十度大转弯:"老石,对不起,我工作做得很不够,你把条子给我吧。"他说着就一把抢过石老汉手中的纸条,"沙沙沙"在上面签下了自己的大名。

一个小时以后，伍乡长的轿车开进了县政府大院，可惜的是除了值班留守的以外，大院里一个人影也不见。原来，陆县长趁着春节放假的当儿，领着一干人去县里最偏僻的高山乡调查研究，已经去了有一个星期了。伍乡长只好垂头丧气地让司机小易打道回府。一路上，他心里直嘀咕："陆县长明明出去一个星期了，怎么可能昨天给石老头子拜年？哼，这个老东西居然敢骗我，分明是做个套子让我钻。"

伍乡长心里耿耿于怀，几天后，他正好有事到石家村去，一看到石老汉，劈头就是一顿臭骂："你这个老头子，算你有本事，我看你还有下回？"石老汉"嘿嘿"一笑，悠悠地说："乡长，我哪敢糊弄您哪。明明大年初一那天，陆县长在电视里说'向全县人民拜年'，这不也就是在向我拜年么？我说的话都是陆县长在电视里亲口说的，句句打实哟！"

（张安生）
（题图：魏忠善）

吵架

  五个"教书匠"——一个政治教师,一个化学教师,一个语文教师,一个数学教师,还有一个外语教师,他们同住在一幢楼里。

  这是个星期天,凑巧这五位老师的家眷都不在家,五个临时的"单身汉"心血来潮,决定在一起吃顿饭,好好聚聚。于是,买菜的买菜,打酒的打酒,开始行动。

  谁想到,买回来的五斤肉一过秤竟少了五两,只有四斤半。当然,五两肉算不了什么,但对这种短斤缺两的不良行为,老师们都很气愤,一致认为,非找摊主算账不可!五个教书匠还怕一个杀猪佬不成?走!

  他们拎着肉,一起来到农贸市场的肉摊旁,将肉往肉墩上一放。化学教师托了托眼镜,说:"师傅,你今天一定是多喝了几杯乙醇,眼睛花了吧？"杀猪佬脸一沉："这肉怎么啦？""肉是氢、氧、碳三种元素的结合，它是脂肪，不是汽油煤油那种烃一类物质，为什么从你这里拿到家就挥发了250克呢？"

杀猪佬两眼一瞪："老子是巷道里赶猪，直来直去，是捅猪刀放血，直进直出！你有屁就放，有话直说，用不着转弯抹角！"

政治教师见杀猪佬气势汹汹，连忙挺身而出："你别吹胡子瞪眼么，根据唯物主义的原理，存在决定意识。你少了五两秤，这是'存在'，我们心里有想法，这叫'意识'。没有你的'存在'，就不会有我们的'意识'，这属于因果关系。根据一分为二的原理，你卖肉少秤是不讲道理、不讲精神文明的行为，是个人主义膨胀的表现；我们向你提出意见，帮助你改正错误，促使坏事变成好事，这就叫'转化'……"

杀猪佬一听冒了火："你啰嗦个屁！你说老子少了你五两秤，谁能证明？"

"我证明！"语文教师走上前去，一甩他那飘逸的长发，说："你是树上的黄叶，我是冷峻的秋风；你是脸上的污点，我是明亮的镜子；你是偷偷摸摸的老鼠，我是紧紧跟踪的摄像机。神圣而庄严的道德法庭，何须程式化的证明，良心是最公正的法官。啊！顾客是上帝，顾客是……"

杀猪佬越听越恼火，随手操起屠刀，一把揪住语文教师的胸襟："狗屎不肥田，讨死万人嫌！你敢骂老子，老子今天开你的膛，下你的零件！"

数学教师一看势头不对，急忙相劝："哎呀，不就是五两肉吗，五七三块五，看不了一场电影，洗不了一次头，也买不到一帖感冒药。你杀猪，我们教书，都是为人民服务，别为这可怜兮兮的三块五伤了和气。现在你是正数，我们是负数，谁对谁错，大家心里都有数，千万不要做无理的事。"

　　杀猪佬其实是虚张声势而已，哪敢真砍，听数学教师这一说，倒是借了一个"落场势"，手一推，将语文教师搡倒在地，说道："老子今天饶了你，你若再敢说三道四，我就让你明白——是你舌头狠，还是老子的拳头硬！"

　　外语教师见语文教师被推倒在地，便冲上前去将他扶起，还狠狠地瞪了杀猪佬一眼，大声说："Oh（哦）Poor thing（可怜虫）Pig（猪）Thief（贼）……"边说边拉着语文教师走了，其他老师也相继离去。

　　走到半路，外语教师说："那个家伙真笨得像头猪，我狠狠地骂了他一顿，他半句也听不懂。嘿，知识就是力量！"大家哈哈大笑后心里都酸溜溜的。知识在这种蛮横不讲理的小人面前，真是可怜又可怜啊。

（吴文昶 讲述）
（题图：施其畏）

城乡差异

一个城里人和一个乡下人碰到了一起，两人就闲聊了起来。

这个城里人觉得自己身处大都市，前卫、新潮，乡下人土得掉渣儿，他就把乡下人的衣、食、住、行狠狠地"损"了一顿。

乡下人听完城里人的话，愣了一会儿，说："老兄说得极是，我们乡下人是土，不如你们城里人会赶时髦，比方说吧，前几年，我们乡下穷，常吃粗粮，玉米面呀，山药面呀，这个时候，你们城里人吃的就是大米、白面了！"城里人听到这里就有点洋洋得意起来，乡下人扫了他一眼，又接着说，"不过我有点不明白，这几年来，我们生活条件好了，吃上了大米、白面，可你们倒又吃起玉米面、山药面了！"

城里人听了后，说："你们哪懂得科学进食！"

乡下人又说："前几年，我们没菜吃，常去山上挖野菜，可你们吃的却是新鲜的蔬菜，这几年，我们乡下搞起了大棚，一年四季吃上了新鲜的蔬菜，嗨，怪事来了，你们倒又漫山遍野地去寻找野菜吃！"

城里人鼻子"哼"了一声，又教训起来："你们不懂得养生之道！"

乡下人笑了笑，说："前几年，我们擦屁股用的是土坷垃，你们擦屁股用的是纸，可我不明白了，这几年我们擦屁股用上了纸，你们怎么用纸擦起嘴来了？"

城里人听了目瞪口呆，一句话也说不出来……

(吕新生 搜集整理)
(题图：李 加)

迟到的士兵

　　一天，指挥官在晨操前点名，发现有九名士兵还未回军营销假，因而大发雷霆。直到下午七点多钟，第一个士兵才大摇大摆地回营房。

　　"很抱歉，长官，"那个士兵解释说，"我因有约会，耽误了时间，回来又错过了搭车，但我还是下决心赶回来，于是，租了一辆马车。怎知马车在途中坏了，我立即跑到一户农家，恳求他们卖一匹马给我。无奈骑马回来时，那匹马突然死去，最后我还是步行了十多里路赶回来了。"

　　军官听后虽是满腹狐疑，但还是原谅了他，免去对他的惩罚。然而，跟着他之后，一连七个士兵回来时都是这样说——因有约会，耽误了时间，错过了搭车；租马车，马车坏了；买马骑，马突然死去云云。紧接着，最后一个士兵也回来了。他正想开口向指挥官报告时，指挥官早已忍不住了，两手叉腰吼叫道："你又发生什么事呢？"

"长官，我因有约会，耽误了时间，回来时又错过了搭车，但我还是下决心赶回来，于是，租了一辆马车……"

"住口！"军官大动肝火咆哮道，"不要告诉我马车坏了！"

"不，长官，"士兵振振有辞地说，"马车并没有坏，麻烦的是路上躺着八匹死马，我的马车根本没有办法通过。"

（梁炽基 编译）
（插图：蒋 峻）

改姓的儿子

　　有这么一对父子,姓何,一年四季结伴在外做生意。父子俩将江南的丝绸贩往关东,又将关东的药材贩往江南,忙得不亦乐乎。这一天,父子俩又到了关东,晚上住宿时,同室的一位客商问那父亲:"先生贵姓?"做父亲的连声答道:"免贵姓何,人可何。"那客商"哦"了一声,又朝那儿子问道:"小兄弟,你贵姓?"儿子朝自己的父亲看看,长叹一口气:"唉,我姓可。"

　　他父亲一听,当即就来了气,大手一抬,抡起巴掌便要揍这大逆不道的儿子,儿子相当灵活,轻轻一闪,避过了父亲的袭击,嘴里振振有词地说:"爹爹息怒,儿子姓可也有自己的苦衷呀。"

　　"什么苦衷?你说!"

"喏，想我今年已二十有八，可身边仍缺少一个女人，没人侍候，怎配姓何呢？无奈，我只能姓可。"

他父亲一听，一时说不出话来，儿子说得也有点道理。这些年来，自己忙于经商赚钱，竟将儿子的终身大事给耽搁了。于是，他撸撸胡须，有些内疚地说："孩儿呀，这是父亲的不是，等咱们这次回乡，爹一定托媒人给你说上一房好媳妇。"

几个月后，父子俩回到家乡，可那做父亲的只知道赚钱，每日忙东忙西做生意，早将儿子的婚姻大事丢到脑后去了。眼看又是半年过去了，那儿子依然是庙门前的旗杆——光棍一条。

这一天邻居结婚，父子俩都被邀去喝喜酒。眼见别人洞房花烛，那做儿子的心中好不是滋味，独自闷头喝起酒来。席间有一位陌生客人，见他酒量不错，便与他攀谈起来："小兄弟，你贵姓？"那做儿子的心中正在懊恼，当即冲口而出："我姓丁。"

同桌的父亲听儿子说姓丁，不由勃然大怒，好小子，仅过了半年工夫，又把一个"口"给丢了，于是，连连责骂儿子不孝。那儿子却不慌不忙地说道："爹，半年前你在关东曾答应给我娶媳妇，可哪知道你光说不做，所以还要这'口'干什么？只有姓丁了。"

父亲火了，指着儿子大骂："你只知道油腔滑调，强词夺理，你这样下去，我一辈子不替你娶媳妇！"

那儿子大声回答："那好，从此之后你再别想添丁，我干脆姓'一'了！"

(丰国需)
(题图：李　加)

鸡蛋比西瓜大

在南美洲有一个小镇，那里风景优美，物产丰富，却一直名不见经传。新任镇长切希斯很是犯愁，因为他一心想把镇上丰富的资源推向全国，甚至让小镇享誉全球，使镇上的民众更加富有，可他请了很多策划公司和策划大师，都无法提高小镇的知名度，因为毕竟像这样的地方世界上太多了，很难吸引人们的目光，但切希斯不愿意放弃，他再一次贴出了招贤榜，希望能征集到好的宣传点子。

这天一大早，一个年轻人急匆匆地闯进了切希斯的办公室，自称能帮镇长完成他的心愿。年轻人叫凯乐，也是本镇人，是个农民，家里有一个祖上传下来的农庄。切希斯也熟悉这个年轻人，他是看着凯乐长大的，可他需要的是奇绝的、了不起的创意，他不相信凯乐能有什么好主意。

切希斯说："小凯乐，很感谢你能想到为我分忧，可我需要的是专业的策划大师，一般的主意很难打动我的。"

凯乐眨巴了一下眼睛，说："镇长先生，我的确不是什么策划大师，这个点子也是我昨天夜里突然想起来的。因为我要推销我们农庄昨天刚刚培育成功的新产品，可我没有钱来做广告，就想到了和您合作。"

切希斯一听这话，算是彻底失望了，他说："你的新产品跟我有什么关系呢？这个小镇上天天都有新产品研制出来，我没有义务为你们的商业行为做广告。我看，你还是回去吧。"

凯乐点点头，说："这样吧，我还是请镇长先看看我这包里的新产品再决定吧。"

说着，他打开随身带来的一个包，拿出了他的新产品，然后又说了自己的策划方案。切希斯看着那件新产品，听完了凯乐的话，沉默半晌，忽然一拍桌子，说："好，就这么办！"

于是，小镇向全世界宣布了这样一个奇迹：他们那里的鸡蛋比西瓜还大，而且还不是偶尔的一个特例，而是每个鸡蛋都比西瓜大。凡是有兴趣的人可以于今年的8月8日，到镇上来亲眼一睹奇观。

小镇的镇长切希斯还特地请来公证人员现场公证，信誓旦旦地向全世界承诺：如果消息有假，甘愿赔偿一切损失。

这消息一发布，人们一片哗然：鸡蛋怎么会比西瓜大？可能吗？如果那样，下那枚鸡蛋的母鸡该有多大？还不是比人还要大？世界上哪有那么大的母鸡？这真是奇了怪了！一时间，世界各地的媒体纷纷报道了这个新闻。临近鸡蛋展览的时候，来自世界各地的游客和电视台、电台、报社以及网络等各路媒体的记者如潮水一般涌向小镇，争相一看究竟。

8月8日那天,小镇上人山人海,被围得水泄不通,在镇中心的广场上,搭起了一个舞台。镇长切希斯亲自担任主持人,一会儿,他慢悠悠地推出了一个大铁笼子,约莫一人高,铁笼子被一大张幕布包裹着,看不出里面是什么。围观的人们都在议论,有的说笼子里装的是比西瓜大的鸡蛋,有的则说笼子里一定装着那个下出比西瓜还大的鸡蛋的巨型母鸡。

　　看人到得差不多了,镇长切希斯站到舞台中央,微笑着说:"我先让大家看看我们产蛋的母鸡。"说着,他伸手往那个大铁笼子一指,观众一看这阵势,胃口一下子被吊了起来:那么大的笼子,鸡自然小不了,能产下比西瓜还大的鸡蛋的母鸡,那会有多大?天哪,这真是世界奇观啊!围观人群的议论声越来越响。

　　切希斯伸出手去,人们顿时安静下来,屏息看着笼子,等待奇观出现。切希斯开始缓缓拉动幕布,那幕布的设计是从上往下拉的,拉下一点,人们没看到什么;又拉下一点,铁笼子里还是空空如也……直到人们的眼睛都看酸了,还没看见母鸡。终于,那块幕布完全拉完了,一只老母鸡这才露出身来……

　　大家一看,顿时傻了:那只老母鸡,平平常常,普普通通,就是一只常见的老母鸡,看它的身形,还不及一只普通西瓜大,它怎么能下出比西瓜还大的鸡蛋呢?

　　还没等观众发出疑问,切希斯又说:"接下来,让我们看看这位母鸡女士下的蛋吧。"这话一出口,观众刚刚失望的心情又如大海的波涛一样激荡起来,人人充满了期待。

　　切希斯走向后台,捧出了一个箱子,那箱子倒真比普通西瓜还大。他把手伸进箱子,摸了好一会儿,终于拿出了人们企盼已久的鸡蛋。刹那间,人们顿时大跌眼镜:那枚鸡蛋,也跟平常所见到的鸡蛋一样大小!

广场上群情激愤，大家都知道上当了，正要抗议，忽然，切希斯话锋一转，说："且莫急着发表你们的意见，请大家看看我们的西瓜——"

这时，台上、台下出现了一群青年人，身穿当地艳丽的民族服装，他们手里端着一个托盘，托盘里放着一些绿色的球状物，他们把这些球状物一一分发到观众手里。切希斯又说："现在在你们手里的，就是我们镇独有的西瓜，欢迎品尝！"

人们这才恍然大悟，这些西瓜确实比鸡蛋小啊，他们急切地品尝了这种小巧玲珑的"袖珍"西瓜：皮薄汁浓，香甜可口，具有西瓜的所有优点，而且便于携带，这就是凯乐刚刚研制培育出来的新产品。

从此，风靡世界的，不但是这种比鸡蛋还小的西瓜，还有关于鸡蛋比西瓜大的创意。

(一 冰)
(题图：佐 夫)

奇　才

小可的爸爸爱写诗。受他的影响,小可刚上小学,就能背诵不少古诗。

周末,一个诗人来小可家玩。他和小可爸爸谈天说地,无意中说到一首有名的唐诗《锄禾》。

正在边上玩的小可,突然评论道:"这首不好。"

诗人来兴趣了,便问小可:"这可是很有名的诗哦,你倒是说说,哪点不好?"

小可说:"题目就不好。要么锄地,要么锄草,锄禾肯定不对,要被农民伯伯打屁股的。"

诗人觉得有趣,就又问:"你知道《春晓》吗?这首如何?"

小可一摇头说:"这首也不好。"他指着摆在一旁的《少儿学古诗》说,

"好不好你自己看,我都批有字的。"

这倒新鲜,小孩子竟敢给名诗批字。诗人好奇地拿起诗集,翻到《春晓》这一页。

果然,在每句诗的后面,都写有两个不太工整的铅笔字:春眠不觉晓——糟糕。诗人看完乐了,指着这句问:"这怎么讲?"

小可瞥了一眼书,说:"早上醒不来,上学迟到,要罚站的,这不糟糕啦?"

诗人更乐了,再看:处处闻啼鸟——矛盾。他又叫小可解释。

小可便回答说:"都讲'不觉晓'了,睡过头了,怎么还能'闻啼鸟'呢?"

诗人觉得有点道理,继续:夜来风雨声——跑题。他很惊讶,又问小可。

小可不耐烦地说:"你不会自己动脑筋呀?题目既然是春晓,春天的早晨,就不该写夜晚!"

诗人想想对呀,接着往下:花落知多少——费解。他又问小可:"这怎么说?"

小可说:"花落多少朵,数不清吧?不可能知道吧?他却说'知',真令人费解。"

诗人大惊失色,又点了一首:《登鹳雀楼》,小可还是说不好。翻开诗集,小可依然在每句诗后面批了两个字:白日依山尽——错了;黄河入海流——反了;欲穷千里目——晚了;更上一层楼——傻了。

诗人暗叹小男孩厉害,边笑边逐句叫他解释。

小可一一解释说:"'尽'应该是'进',太阳是落进山,不是完蛋。'入海流'应该是'流入海',它都入海了,还流什么流?太阳都落山了,还想着看得远远的,不是'晚了'吗?那会儿别说上一楼,上十楼都看不清啦。真上去的话，不是'傻了'？"

诗人开怀大笑，冲小可的爸爸喊："老兄，你儿子太有才了！将来你绝对不是他的对手！"

(覃　旭)
(题图：顾子易)

老相识

　　玛莎在宠物商店看见一只很漂亮的鹦鹉,羽毛鲜艳艳的,还透着股机灵劲儿,标价却只有50元。玛莎都有点不敢相信自己的眼睛了,她问宠物店老板:"这么好的鹦鹉,真的只卖50块?"

　　老板打量了一下玛莎,把她拉到一边,低声说:"夫人,我是个诚实的买卖人,有话都给您说在前头啦。这只鹦鹉是很不错,但是它出身不太好,以前在夜总会待过。您知道,那种地方跟花街柳巷没什么两样,待久了,说的话难免会不入耳,所以很多顾客不愿买它。"

　　玛莎瞅瞅那只鹦鹉,鹦鹉也正歪着脑袋瞅着她,显得可怜巴巴的样子。玛莎动了恻隐之心,掏钱把鹦鹉买了下来。

　　她带着鹦鹉回到了家,把笼子放在客厅里,那只鹦鹉往四下里一打量,又看了看玛莎,张嘴说道:"哇,新的客厅,新的老板娘!"

玛莎一愣,但马上回过神来:"哦,它把这里也当成夜总会啦。呵呵,有趣。"

过了一会儿,玛莎的两个女儿放学回来了。她们进屋看见鹦鹉,都兴奋地围了上来。那只鹦鹉瞥了她们一眼,开口说道:"哇,新来的小姐!"

听了这话,两个女儿不高兴了,说:"妈,你怎么买了这么一只没礼貌的鹦鹉呀?"玛莎赶紧劝道:"没事,它在夜总会待过,你们别和它一般见识。"

晚上,玛莎的丈夫凯恩下班回家了,玛莎刚要介绍她买的便宜货,不料鹦鹉竟主动开口说道:"哇,凯恩,你又来啦!"

(小　民)
(题图:李　加)

急事儿

　　一天,有位小伙子在大街上转来转去兜了好几圈儿,最后来到一座机关大楼前站住脚。

　　小伙子一身西装革履,形象气质也很出众。只见他在楼门口犹豫片刻,然后大摇大摆向里面走进去。

　　"喂,小伙子站住! 你有啥事儿?"

　　看门老头儿见是个陌生人,便上前拦住他。

　　"我有急事儿,向张局长汇报。"小伙子潇洒地甩甩头说。

　　老头儿愣了一下:"张局长? 我们这里没有姓张的局长。"

　　"大爷,你没听清,我说的是赵局长!"

　　"赵局长休病假有一个多月了,有事儿你直接去他家找吧。"

"真不凑巧,"小伙子额头上开始冒汗,"要不……就找王局长……或者……李局长,反正都一样。这件事无论如何不能再拖了。"

"咦?"老头子从头到脚把小伙子打量一番,"我看你这人蒙三诈四的,有点儿不大对劲儿。你回答我,我们这儿有几位局长,他们都姓啥叫啥,长什么模样?"

小伙子突然用手捂住小肚子叫起来:"哎哟,我的大爷,实话对您说吧,我憋了一泡尿,满大街找不着厕所,想去楼里卫生间方便方便,您就行行好吧。"

老头儿一听乐了:"咳,这么点儿事儿何必非要请示领导?他们的办事效率你受得了?快点尿吧,大爷我越级批准你啦!"

(吴　港)
(题图:李　加)

傻小子结婚

牛屯有个傻小子,叫李五,自小没了爹,和他那六十岁的老母相依为命,娘俩过日子。

李五身体棒,心眼实,就是脑子不好使。不过说他笨有时候倒也不笨,做不像样的事,他会学着别人的样去做。就说家里那条牛吧,交给他以后,他就跟着隔壁村委主任家的,人家干什么他干什么,倒也侍弄得挺好,到农忙时,家里这条牛还派上大用处哩!

李五的憨傻在这一带是出了名的。按理,像他这样的人,结婚难哪!可李五不依,往日屯子里吹吹打打的婚礼场面,他看得心里痒痒的,他缠着老母亲:别人结婚,我也要结婚!愚昧的母亲只知道疼儿子,再傻,总也是自己一把尿一把屎一手拉扯大的呀,何况生儿育女、传宗接代,这是天经地义的事,于是她便四处张罗,给儿子说媳妇。这一年,李五28岁了，老母亲总算给儿子说了一门媳妇，笨是笨了点，可跟李五一样，心眼儿实在。老太太知足了，说："男婚女嫁本来就是土地佬配的呀，鲇鱼找鲇鱼，嘎鱼找嘎鱼。"

话说李五结婚这天，小两口子戴着红花给乡亲们行礼、敬烟、敬酒，李五学得挺像回事儿哩。有人要他们谈谈恋爱经过，李五竟然说了句很时髦的话："我爱她。"逗得大家哈哈直笑。

客走人散，新郎新娘双双入洞房。老太太乐得合不拢嘴，辛苦了大半辈子，今天总算大功告成，可以美美地等着抱孙子了。夜深了，老太太还没有睡下，她坐在炕上悄悄地听着下屋的动静。为啥？毕竟是母亲呀，她担心自己那个傻儿子会不会做那种事呢？一直到下半夜，她见新房里还亮着灯，老太太不放心了，走过去一看，新房门大开着，屋里空无一人。这下老太太可慌了神："不好了，我儿子被人架跑啦！"老太太脑子很清醒，立刻找村委主任报了案。

村委主任带着十几个民兵帮着老太太一起找。牛屯不大，六十来户人家，挨家挨户都问了，没见踪影。半夜三更，他们能跑到哪儿去呢。众人打着手电，村前村后又是好一顿找，最后，在村头草垛里找到了，两人抱得紧紧的，在那儿打滚哩。

村委主任见状哭笑不得，踢了李五一脚，骂道："你这傻小子，新婚之夜，不在家里好好睡觉，跑这儿干啥？"

李五脖子一梗，朝村委主任直嚷嚷："你干这事，不也在这种地方吗？"

(于连顺)

(题图：张行根)

痴人·奇遇记

chiren qiyuji

痴人的世界我们无法理解,我们的世界在他们眼中又何尝不是可笑可哀的?

买猫

有个孤身老人，特别喜欢猫，家里的猫死了以后，身边没个做伴的，感到非常寂寞，有一天，老人走过一个巷口，见挂着一块牌子，上面写着：买猫请向里走一百米。老人欣喜若狂，拔腿就向巷子里钻。果然走不多远，就看见有家小店，店门口写着一个大大的"猫"字。

老人跨进门，有个文质彬彬的年轻人立刻起身相迎。可老人四下打量，没见一只猫："我是不是走错门了？"年轻人含笑问道："您想买猫？""是啊，""那就对了，我们这儿什么猫都有。""多少钱一只？""那要看您买啥样的？"老人急不可耐地说："不挑剔，公的母的都行。"

只见那年轻人愣了一下，马上就笑了："我们这里只有硬猫和软猫。老人家，您一定是搞错了。"老人挺生气，指着门口大大的招牌说："什么软猫硬猫，你们这不是明摆着骗人吗？不卖猫，还捣什么乱！"

店主闻声赶紧出来调解："误会了，误会了。老人家，我们说的'猫'是电脑上的硬件，它的学名叫调制解调器，就是柜台里摆的那种。"老人朝柜台瞅了一眼，说："它根本不像猫。"

"您不知道，"店主解释说，"现在大家都爱这么叫。电脑上还有很多很多部件，都是用小动物的名字来命名的，像'鼠标'啦，'加密狗'啦……"

老人似懂非懂，但觉得挺新鲜，默默地听着，后来还问了一句："这狗啊猫啊的，它们到底能干什么呢？""领您上网啊！"店主见老人有兴趣，眉飞色舞地介绍起来，"一上网，您就能去周游世界啦，您就能见到各种各样的猫，那可比养一只猫有意思得多了。老人家，买台电脑吧。"

老人没吱声。可过不了几天，老人果真买了台电脑，从此再也不感到寂寞了。

(张　湃)
(题图：李　加)

忠贞的赏赐

有三个男人死后来到天堂,在天堂的大门口,天使问第一个男人:"请问先生您在世时是否对太太忠实?"

第一个男人搔了搔头道:"我结婚后曾经有过三次拈花惹草。"

天使耸耸肩道:"对不起,你只能得到一辆助动车。"

于是又问第二个男人,那人承认有过一夜风流。天使告诉他,他会得到一辆小汽车。

最后问第三个男人,那男人指天发誓,说他一生都忠于太太,从未有过非分之想。

天使嘉奖了他一番,说道:"像先生这种人已不多见,你会有一部豪华奔驰的。"

过了几年之后,他们三个人驾车外出,在一个十字路口吃红灯停了下来,骑助动车和开小汽车的两个男人,看见驾驶豪华奔驰的忠贞男人在哭泣,便问他出了什么事。

"我刚才看见我太太了。"他指着前面说。

"这是好事情啊,你们夫妻俩又可以在天堂相聚了!"

"可是,"他哽咽着道,"我看到她骑着一辆只有马戏团才有的那种独轮车。"

(秦凤敏)

(题图:李 加)

乡土演员

一天，有个摄制组在苏州东南角盘门一带石拱桥旁拍电视。胖导演在取镜头时紧皱双眉，咂着嘴巴。他觉得这个外景古朴、幽雅，但来往的行人太现代化了，体现不出古城独特的韵味。

正在这时，场记小柳发出一声惊喜的尖叫："您看！"胖导演循着小柳的目光看去，只见在熙熙攘攘的人群中，有个乡下老太挑着一担红菱，正从桥上走来。

那老太大约有六七十岁的年纪，满脸皱纹，牙齿全脱落了，嘴巴瘪瘪的。她头上扎块古色古香的土布头巾，花白头发梳成一个髻，身穿月白小袄，腰系天蓝围裙，围裙边角还绣有素色小花。尤其难得的是，系围裙的带子是用鹦哥绿丝线编织的，很宽、很艳，织有蝙蝠、寿桃等图案，两端留着长长的穗子,悠悠地坠在腰际,从石拱桥上款款而来,如此风姿,要是出现在电视里,再衬上古朴的瑞光古塔、旧城墙、石拱桥,那是一幅多美的水乡风俗画呀!

胖导演拉着场记小柳走上前去,拦住了老太:"老妈妈,我们想把您拍进电视里去,好吗?"

"喔唷。蛮好,蛮好!"乡下老太歇下菱担,瘪着嘴巴,用最最甜糯的苏州话回答。

"我们只耽搁您半天时间,"场记小柳连忙来具体落实,"付给您五元钱损失费,怎么样?"

"啊呀呀,这么便宜啊?"乡下老太鼻子一哼,嘴巴一撇,"昨天两个外国女人给我'咔嚓咔嚓'拍了几张照片,就付给我五十元劳务费,还全是'外国老头票'呢!还有大前日……"

"哦?"胖导演和场记小柳惊得目瞪口呆,一了解,才知道老太根本不是进城来卖水红菱的,她穿了这身"服装",挑了这担"道具",每天都在这一带打转。她是个"乡土演员"专业户呀!

(蔡立岩)
(题图:庞先健)

灾 难

有一个男人，家里专门养了几只老鼠，这些老鼠是他从许多老鼠中精挑细选出来的，它们都是一些异常机敏的家伙。

男人每天弄来食物喂老鼠吃，还给它们洗澡，照顾得无微不至。老鼠对他也很温顺，天气晴朗时，他和老鼠一起在院子里玩耍，下雨时，他们回到家里玩捉迷藏。所以连外出旅行，他都带着老鼠一起去。

男人这么喜欢老鼠，是有原因的。

有一天，几只老鼠突然都从家里跑了出去，男人不知道发生了什么事，就去追它们。恰恰就在这时，发生了强烈地震，幸好他没在屋子里，得以躲过一场灾难。

还有一回，男人正要乘船出海，突然老鼠在他随身携带的皮包里"吱吱"地叫着乱作一团,男人从地震一事已经发现老鼠对危险的降临有相当灵敏的预感,他马上打消了乘船的念头。事后,他从广播里得知,那天出海的船只,遇到了百年未见的大风暴,全船覆没。

经历了这么两回,男人心里便感慨万千,他养这些老鼠,是要利用它们为自己服务。他对老鼠们说:"这个世界多灾多难,今后我们彼此可得继续互相帮助啊。"

男人一边给老鼠喂食,一边对老鼠说着悄悄话。没想到他话音未落,老鼠便开始骚动起来。不得了,这是危险降临前的征兆。

哎呀,一定又要发生什么灾难了。会是什么呢?火灾还是水灾?不管怎样,男人决定立刻搬家。

由于事情来得突然,男人来不及将房子高价卖出,也没有时间找一处便宜合算的新房子。他只好自己安慰自己:只要能躲过灾难,即便经济上受点损失,也值得。

男人搬到新居后,老鼠们又恢复了常态。过了一段时间,男人的心情也平静下来,他很想知道自己原来住的那所房子里到底发生了什么事,决定打个电话问问。

"喂,我是你住房原先的主人。对不起,有件事想打听一下……"男人的声音似乎有点儿紧张。

"什么事啊?"对方倒显得很轻松,"有什么东西忘拿了吗?"

"不……不是的。"男人吞吞吐吐地说,"我……我想知道,在……我搬走以后,你们……你们那里有什么变化没有?"

"噢,好像没有什么变化。"

"不会的吧,"男人不相信,"请你好好再想一想。"

"让你这么一说我想起来了,你搬走后的第二天,邻居也换了一家。

就是这么点变化。"

"果然！是这样的啊。搬来的这家恐怕有点……有点什么问题吧。"

男人一个劲儿地追问，他认为灾难一定与新搬来的邻居有关。如果自己还住在那里的话，现在一定会被卷入恼人的麻烦事中。可是，对方的回答却出乎他的意料：

"不，他是个非常和蔼的人。"

"真是这样的吗？"

"真是这样，要不，他怎么会那么喜欢猫，好像还养了很多呢。"

与猫为邻，对于人类来说算不得什么事，可是对老鼠来说，却非同寻常！

(牟　松 编译)
(题图：李　加)

童话

　　一个男人到森林里去打猎。他走了好长时间,猎物没打到多少,却发现自己迷了路。他焦急地四处乱蹿,傍晚时候,终于在林中的一片空地上看见一座小木屋,屋子的前面坐着一个白发苍苍的老太太。

　　男子忙走过去问路,老太太非常和蔼地告诉了他。然后她指着门前的一堆木柴,说:"小伙子,你能不能帮我把这堆柴劈了?"

　　男人迟疑了一下。老太太看出他有些不情愿,又说:"你帮我劈完柴,我会十分感谢你的。"

　　"那……好吧。"于是男子挽起袖子,开始慢吞吞地劈柴。老太太在一边问:"你知道我是谁吗?""不知道。"

　　"我说出来你千万别害怕。我是巫婆,因为我觉得你这人很善良,我会满足你的三个愿望,想一想,你想得到什么?"

　　男人眼睛一亮,有些不好意思地对老太太说:"我……老太太,不瞒您说，我想要一辆豪华的'奔驰'牌轿车。"

"那好吧，一会儿你朝前走，然后向右转，你会看到一条道路，在路边停着一辆崭新的'笨……笨瓷'牌汽车，那就是你的。说说你的第二个愿望吧。"男人一听，高兴得几乎发疯，忙说："我还想要一座漂亮的别墅，最好是在海边的。"

"没问题，我满足你的愿望。坐上你的'笨……笨瓷'车，一直向前开，你会行驶到公路上，然后再继续前行100公里，就到了海边，岸上有一座漂亮的别墅，那就是你的了。好啦，请说出你的最后一个愿望吧。"

"哎，最后一个嘛……"男人的脸一下子红了，用手抓抓头皮。

"说吧，别不好意思，我会满足你的。"老太太鼓励他。

"嘿嘿，最后一个愿望就是……我……我想换一个老婆。我现在的老婆只知道上班、做家务、照顾孩子，还整天唠叨个没完没了。我想要一个年轻美丽的姑娘，让所有的人都羡慕我，而她对我会无比忠诚、永不背叛。"

"好吧，走进别墅，一位美丽绝伦的姑娘会在那里迎接你。"男人听老太太这么说，高兴得眉飞色舞，手中的活干得十分卖力，一会儿就把柴劈完了，然后拔腿就跑，想快点去实现自己的梦想。

突然，老太太在后面喊道："你就那么着急吗？最后我再问你一句，你今年多大啦？"

"三十五岁啦。"男人头也不回地跑着回答。

"哎，三十五岁的人了，怎么还相信童话呢？！"老太太摇头叹息着。

(李　寒)

(题图：李　加)

小矮丑与美男子

巴纳布恩马戏班里有个矮子丑角,名叫瓦朗丹,长到三十五岁,个子还不到九十公分,说起话来奶声奶气的,活像个五六岁的女娃娃。马戏团的人谁也不叫他名字,管叫他"矮丑"。

马戏团巡回演出,一站一站演下来,矮丑每次和他的老搭档——一个身高两米多、瘦得像根竹竿的"蛇人"在台上一出现,立即全场哄动,笑声四起。矮丑表演,既不化妆,也不矫揉造作,只是恭恭敬敬地向观众一鞠躬,然后反剪双手用目光对观众扫一眼,操着女娃娃一样的细嗓门,一本正经地说几句老气横秋的话,就逗得观众笑破了肚皮,赢得了全场一片掌声。

矮丑不仅受观众欢迎,也讨马戏班全体工作人员的欢喜。就以女马术师热尔米娜说吧,这位小姐不仅演技高超,人也长得俊俏。她有一头漂亮的金发,婀娜多姿的腰间系一条桃红色的纱短裙,表演起来活像一只在晨光中飞舞的彩蝶。每次矮丑演完走进幕后,她总喜欢把矮丑抱起来坐在自己的膝上,亲亲他的脑门,吻吻他的脸儿,又用手抚弄他的头发,然后慢声细语地同他闲唠。

矮丑人虽小,可心并不小,他听着热尔米娜那些神秘莫测的话儿,也学着她的样,和她说些悄悄话,他们这般亲热劲儿,真把那些追求热尔米娜的小伙子羡慕死了。

这天晚上,矮丑演完晚场后,和热尔米娜亲热了一阵,等到热尔米娜纵马登场后,他站在台边,看着她在马上左右翻腾,桃红色纱短裙满场飞舞,直把他看得眼花缭乱,心里可热乎啦。

演出结束了,马戏班登上了从里昂去马孔的路程。矮丑感到困倦了,就回到一辆车上,由女仆玛丽大妈服侍他上床睡了。到了第二天早晨,矮丑一觉醒来,突然发起了高烧,嘴里直嚷头痛。玛丽大妈忙给他服了药,又关心地摸摸他的脚,看受凉了没,谁知这一摸,玛丽大妈顿时大吃一惊:怎么?以往他的脚离床栏杆差三十公分呢!这会儿怎么脚居然顶在床栏了?玛丽大妈吓坏了,忙推开车窗,冲着飞快前进的车队喊道:"老天爷啊!矮丑在长个儿啦!快停车呀!"

可是,隆隆的马达声盖住了他的叫喊,车队继续向前疾驶。她再看看矮丑,他还在继续长长,而且疼得连声叫喊,叫的嗓音也在急剧变化,开始是童音,慢慢地变成了青春小伙的粗犷嗓门,直吓得大妈团团直转,束手无策,只得在一旁眼睁睁地看着矮丑在渐渐长大。

这时候,矮丑本人也吓坏了,他惊恐地连声叫喊着:"玛丽大妈,怎么搞的呀?我疼得受不了啦,身体快被拉断啦!大妈,我到底怎么啦?"

玛丽大妈咋知道这是怎么回事呢？她只得一边安慰他，一边不停地给他服药。

不到九点，小床再也容纳不下矮丑了，他只得把身子蜷缩起来。等到车队到达马孔，矮丑已经长成了一个翩翩少年了。玛丽大妈赶紧去向班主巴纳布恩先生报告。

班主进来一见矮丑如此情形，连连跺脚，连声惋惜道："可怜的小伙子，您的饭碗算是砸啦！"他又转身对玛丽大妈一摊手说，"您说说，这个小伙子现在除了一米六五的身子，还有什么所长？唉！他若能再长出一个脑袋，或者长出一个大象鼻子，那倒还不坏，可现在，我说矮丑，不，不，现在不该再叫您矮丑了，该称您瓦朗丹先生了！您看今晚您那节目谁来替您呀？"谁知就在班主说这番话的工夫，矮丑又长了四公分。班主惊讶地说，"哎呀！照这样长法，不用多久，他可就长成个巨人了。要是能这样，也很不错，可以凑合凑合登台了。"

然而班主在离开前，还是千叮咛万嘱咐玛丽大妈不要把这事张扬出去，若有人问起，就说矮丑病了。

到了晚上，瓦朗丹的病痛终于结束了，他的身高长了一米七五，俨然成了一个英俊的青年。玛丽大妈惊喜地对他左瞧右瞧，边瞧边划着十字说："我的上帝呀，多么漂亮的小伙子呀！"她让瓦朗丹走了几步，啧啧称赞道，"身材多好！多有风度。嘿，我想当年巴纳布恩先生年轻时，也及不上你这么潇洒、英俊！"

听到这些赞美话，瓦朗丹心里觉得美滋滋的。然而更令他兴奋的是：过去有些东西他提也提不起，可如今拿在手里顿觉轻飘飘的了。而且他那脑袋瓜子也起了变化，以往觉得自己的脑子很充实，可眼下却发觉不够用了。他的概念、他的见解变了，他甚至以一个男子对妇女的评判，取笑起玛丽大妈来。

此刻班主来了，乍一见他简直以为瓦朗丹是玛丽大妈请来的大夫。他睁圆了眼睛瞧着他的穿着、身材，不由冲口而出："多神气的小伙子！"赞了一句后又说，"嗯，我的老弟，您发生的这种变化，确实很怪，究竟后果如何，还很难说。不过，您老闷在车里也不是个办法，跟我出去透透气吧，碰见了人，就说您是我的亲戚。"

于是，瓦朗丹由班主陪同信步走着。一出门，首先碰到了他的老搭档蛇人，蛇人见班主陪着个容光焕发的壮小伙子，他只是忧郁地、冷冷地打量他一眼，然后关切地问："小矮人怎样啦？"班主答道："情况不妙，刚才大夫来过，已经把他送医院了。"

瓦朗丹忍不住了，他快活地插了一句："看来他的性命难保了。"

蛇人一听，当即掉下泪来，他擦擦眼睛说："他是我最要好的伙伴。他的个头那么小，根本容不下半点坏心眼。他的脾气温和，为人厚道，可他现在却……"蛇人说不下去了。瓦朗丹听了十分感动，他真想告诉蛇人，他就是小矮人，但他没有出声，只是友好地望着蛇人。蛇人见他望着自己，瞪了他一眼，鼻子里哼了两声走开了。

他俩继续向前往马戏班走去，可是每碰到一个人，他们都关切地问班主，小矮人情况怎样了，并且都不约而同地抹抹眼泪，脸上露出了忧郁的神色，说几句伤心的话儿。可是人们对这位由班主陪着的、漂亮英俊的瓦朗丹本人，却理也不理，这使他既尴尬、又扫兴，他甚至怨恨起矮丑在大家心中还占着那么重要的位置。

这时马戏场上，蛇人正在表演他的拿手好戏，看台上传来阵阵赞叹声，这些赞叹声听在瓦朗丹的耳里，羡慕极了。他想，如今我已变成了完美无缺的人了，观众准会格外欢迎我的。

这么一想，他兴奋起来，再也没心思看演出了，他急着想出去见见世面，领略一下人们对他英俊潇洒的气度如何评论、赞赏。他到了街上，昂首挺胸，神气十足，只觉得从未有过的舒坦，感到浑身都充满了力量，心中好不高兴。可是逛了一圈，他那得意的劲儿慢慢消失了。因为，人们并没有像过去见到他那样兴趣盎然，甚至过往行人几乎谁也没去注意他。他不由暗自叹道：我长高了，成了一个美男子，人们竟然视而不见，理也不理我。唉！这世界难道专为矮人创造的？！

他无精打采地回到马戏班，朝马厩走去。他想热尔米娜小姐过去曾那么喜欢我、亲近我。如今我成了美男子，她准会喜得发疯，紧紧地搂抱我的。

他一进马厩，见热尔米娜小姐正坐在圆凳上，一个马夫正在给她的坐骑备鞍。他见周围再没其他人，便乘机打量起她来，他发现热尔米娜比过去更迷人了。他对她那鲜艳的花领、红黑相间的服装似乎不感兴趣，却被她那苗条的身材、健美的双腿、纤细的脖颈，以及那微微隆起的胸脯深深吸引住了。他想起昨天晚上，自己就坐在她的膝上，小脑袋就枕在她那柔软的胸前，享受着她的亲吻，如今自己的个头高了，当然不能再坐在她的膝上，但是我这蓄着美髯的英俊面孔，一定能再次得到她的亲吻。

这么一想，他上前一步，对热尔米娜说："我叫瓦朗丹。"热尔米娜淡淡地回答："我记得刚才见过您，先生。听说您是巴纳尔恩先生的亲戚……您看得出吗？我现在很伤心，因为刚才听说，我的朋友小矮人住院了。"

瓦朗丹说："这没有什么了不起……我要向您说的是，您太美啦。您这一头金发真漂亮，还有您这双黑眼睛、鼻子、嘴唇……若是能让我亲亲您，我就太高兴了。"

热尔米娜的眉头皱了起来，脸色冷得使瓦朗丹大吃一惊。他忙解释说："我可不是有心惹您生气。等您同意了，我才会吻您。您实在太漂亮了，您的脸蛋、脖颈，特别是您的胸脯太迷人了……"瓦朗丹嘴里说着，竟忍不住伸过手去。可是还没等到他的手接触到热尔米娜的胸脯，只听"啪"的一声，他的脸上便挨了热尔米娜一记耳光。热尔米娜声色俱厉地训斥他没有教养，她说，她人虽穷，却是个有自尊心的演员，直说得瓦朗丹张口结舌。瓦朗丹愣了一会，才红着脸说："爱情使我失去了理智，小姐，您太可敬可爱了。我一见到您那金色的头发、温柔的目光，一见到您的仙姿与神采，我的眼睛就被迷得恍惚了！"他见热尔米娜的脸色变得温和了，又说，"我怎样才能使您理解我的心呢？我向您发誓，我一定得用一笔与您的美貌相称的财富，奉献到您的面前！"

热尔米娜听他说出这话，她终于转怒为喜了。就在这当儿，班主走了进来，他听了瓦朗丹的话，对热尔米娜说："您别听他胡扯，他呀，一个铜子也没有。他连马戏班里最起码的小丑都不如。小丑还有一套出色的演技呢，可他什么也没有！"

瓦朗丹一听，大叫道："不，我有，我有一套出众的本领，观众一见我，就掌声不断。"

热尔米娜问："那，您是演什么的呢？"

班主忙插话道："您别听他的。"边说边拖着瓦朗丹就走。等到周围没有旁人时，班主才带着讽嘲意味问道，"好吧，瓦朗丹先生，请您谈谈您的本事吧！哼！本来您还有点儿本事，可全让您给糟蹋了，你还自鸣得意呢！这会儿您再上场试试，看哪个观众还会给您鼓掌！您不要以为如今您长成了一表人才，一副神气活现的样子。要知道原先您那九十五公分的身高,是咱马戏班的光荣,可如今您还能有啥用?嘿嘿,我看只有去追求追求姑娘们,那倒挺美的。不过,您又拿什么去养活她们呢?"

听了班主这番话,瓦朗丹生气了,他自信地说:"这是什么话!您瞧吧,热尔米娜小姐准会嫁给我的。不信,您敢和我打赌吗?"

班主大摇其头说:"绝不可能,她是个相当精明的女人,绝不会干傻事嫁给一个一无所长的人,除非您成为一个名演员。"

瓦朗丹为了赢得热尔米娜小姐的爱情,他决心去当一个名演员。班主念在他过去为马戏班出过力,愿意为他负担学艺的经费。

瓦朗丹为了爱情去学艺了。他首先去学"空中飞人",可是学这技术,不仅要有特殊天份,而且要求身体柔软,有弹性。他已成年,结果失败了。接着他去学演小丑,学了几小时,小丑演员说他是瞎子点灯——白费蜡,搞不出啥名堂。他不甘心,又去学骑马,马倒是骑得稳稳的,但只是像个战士骑马,却没有作为演员的超群才华。他去学驯狮,结果差点被狮子吃了……

瓦朗丹连连受挫,弄得垂头丧气。连热尔米娜的骑马表演也不好意思看了。他只感到马戏班所经过的城市全都是那么暗淡阴森,他只得回到玛丽大妈的屋里。

玛丽大妈对他是一片热忱,她安慰他,鼓励他。她说:"情况会改变的,您也许还会变成小矮人,那时大妈再天天给您盖被子。"

瓦朗丹愣怔了好一会,问道:"若是我再变成小矮人,热尔米娜小姐会对我怎么样?"大妈说:"她还会像过去一样,把您放在她的膝盖上。还会亲您。"

瓦朗丹长叹一声:"玛丽大妈,您哪里知道,我再也不愿意当小矮人啦!"

　　瓦朗丹变成正常人已近一个月了,他日日夜夜思恋着热尔米娜小姐,可她却连正眼也没看过他一次,没朝他微笑过一次,这更加使他懊恼、伤心、失望。

　　这天晚上,马戏班演出,每个演员都登台表演,各献技艺。瓦朗丹穿着号衣混在仆人群中。这时,他已失去了从事艺术生涯的一切希望。他眼巴巴地瞧着热尔米娜小姐在场子上跑马,只见她立在马背上,向观众张开双臂,用微笑回报掌声。可是在她的眼睛里几乎根本不存在瓦朗丹这个人。他感到孤独、厌倦与羞愧。他暗自叹道:完啦!我永远上不了场啦!马戏班里再也没有我瓦朗丹的位置了。

　　他朝观众席上看了一眼,见不远处有几个空座位,他悄悄地走过去,像观众一样坐下来,他听着观众们对演员演出的评论,听着观众对热尔米娜精湛的马术赞不绝口。他的心在阵阵刺痛,他的眼眶终于湿润了。

　　演出结束了,瓦朗丹再也没脸回到马戏班,他随着人流走出了马戏场的出口。

　　班主一直注意着瓦朗丹的一举一动。他看着他坐到观众席上,也看着他随着人流出了马戏场,他没去阻止他。他只是对微微喘息、脸露喜悦的热尔米娜说:"热尔米娜小姐,我得告诉您一件不幸的事……矮丑已经死了。"

　　热尔米娜一听,顿时伤心地哭了……

(劳　沉　改写)
(题图:李　加)

遭冷遇的男女

本田大郎是小镇上最穷、最丑的男人,尽管已三十出头,却从没得到过女子的爱情。俗话说:爱美之心,人皆有之。大郎自己长得丑,可他却盼望未来的太太是个多情漂亮的女子。因此,他每次出门,总是把西装熨得笔挺,皮鞋擦得乌亮;为了增加魅力,他鼻梁上总是架副高档眼镜,为了遮掩左脸颊上几颗难看的、让人讥笑的麻子,他总要抹上许多化妆油。

这一天,大郎衣冠楚楚地走进酒吧,刚在一个空座位上坐下,侍者就给他端来一杯咖啡,同时,递给他一封信。他一怔,满腹疑惑地撕开了信封。

大郎:

我不想活了!他们都欺负我……男人们不爱我,女人们讨厌我,周围的人都不喜欢我……因为我长相难看,因为我眼睛太小,因为我脸上有四颗麻子……这个世界容不下我!我只有自杀这一条路!

但是,就在我即将结束年轻生命之时,我发现了您!您虽然相貌不扬,然而我看得出您一定是位好心人,一定不会讨厌我……我愿做您的妻子,做您的仆人,做您所吩咐的一切事……

一位丑陋的少女

信的反面还这样写道:

请求您容纳我!这是一枝枯萎的花朵在向您祈求甘露!假若遭到您的拒绝,我即刻便去自尽……如果您能接受我,请将您喝完咖啡的空杯倒扣在茶几上,我马上就会出现在您的面前……

看完这封奇特的信,大郎呆了。他想:这位署名为"丑陋的少女"在哪里?会不会就在这家酒吧的某个角落窥探着我?

大郎像贼似的将整个酒吧探巡了一番,可是除了红男绿女们欢快的舞步和五光十色的灯光,始终没发现那可疑的"丑女"。

大郎想:这个丑女大概有神经错乱!就算你容貌不美,周围人不喜欢你——你大可不必去轻生,更不应该拉上我来淌这趟"浑水"呀!

大郎想到这儿,暗骂一声:真见鬼!气恼地端起咖啡一饮而尽,但看着手中的空杯心却不禁"怦"地一跳,他想:如果我将杯子顺手一放,那么立即就会有一个年轻的生命离开这个世界,而杀死她的"凶手"就是我……如果我将杯子倒扣,那么就挽救了一条年轻的生命——那么我就和这个丑陋的女子成了终身伴侣!

他忽然想到这一切不可能是真的,一定是哪位"仁兄"在和他开玩笑。过去他的那些朋友就经常拿漂亮的女人和他打趣。今天一定又是他们别出心裁,用一个丑陋的女子拿他开心。

这么一想,他将手中的空杯重重地向茶几上一顿。

这时,酒吧里响起了"嘣嚓嚓、嘣嚓嚓"高亢激越的舞曲,那舞曲荡人心弦,大郎的脚跟不由自主地和着舞曲节拍叩击地板,身子仰靠在椅子上兴致勃勃地欣赏着红男绿女们优美的舞姿。

他正在悠悠自得时,有位衣着华丽但容貌平平的女郎踏着舞步,扭到大郎面前做了个"请"的姿势。

大郎立起身,礼貌地向那女郎点点头,然后搭着她的手,旋入舞池。

这女郎虽然貌不惊人,然而舞姿娴熟,和大郎配合得相当默契。大郎望着舞伴平奇的容貌,脑子里忽然想到刚才那封该死的信。

他觉得,假若那封信所说是真的,假若那位"丑女"真有其人,那么此时那"丑女"一定就待在酒吧的某个角落。那么待会儿酒吧外面一定会纷纷扬扬地传出:一个少女跳楼自杀……或者一少女过马路时惨遭车祸……或者……那么,我岂不成了见死不救的无情之人,岂不成了"罪魁祸首"的杀人犯……

这么一想,大郎顿觉心乱如麻,几次踩了那女郎的脚。他只得连连道歉:"对不起,对不起!"退下舞池。

大郎神色不安地走出酒吧,然而外面大街上依然平静如初,并没听到"某某少女跳楼"或"某某少女惨遭车祸"之类的传闻。

一直到第二天,连"某某处死了只狗"的新闻也没有,"哦,一定是朋友在和我开玩笑!"大郎长长吁了口气。这个玩笑开得不轻,害得我一天一夜都胆战心寒、惊恐万状!

可是，大郎刚刚惊魂稍定，邮局就给他送来了一封信：

大郎：

我没死！我还活着！而且还是心情很舒畅地活着！

昨天，当我心乱如麻，穿上我最好的服装、化上最精致的妆，准备在酒吧享受人生最后一次乐趣，然后便去走向死亡的时候，我发现了你！从前我就认识你，你却并不认识我——因为丑陋的我从未引起过你的注意。我知道你的过去，也知道你的现在，我知道你和我一样——在这个世界上遭受着同样的冷遇！顿时，一股求生的本能促使我给你去了那样一封信……

然而没想到，和我一样丑陋的你竟然也嫌弃我，竟然心如蛇蝎，见死不救……我绝望了！我没有哭，可我的心在流泪，我的心在滴血……我决定，在我即将结束生命之前，我要报复你！报复你这个无情之人！

但是，怎样个报复法，我心里没有底。我随着舞曲不知不觉地转到你的面前，你却丝毫没察觉我就是那个写信的人，竟欣然和我一直翩翩起舞。但是一会儿我就发觉你那双镜片下的三角眼流露出的恐惧，流露出惊慌的光芒。我忽然潜意识地一阵得意：哈，我的那封信竟然也起到了一定的效果，竟然也吓得你神不守舍，失魂落魄！

突然，在你的左脸上我发现了几个凹点……啊，这是麻子！和我脸上一样的麻子！一颗，两颗，三颗，四颗，五颗，整整五颗！比我脸上还多一颗……忽然，从我心底冒出了个不想死的念头——如果我死了，你一定活着，一定很愉快地活着——这世界既然容得下有五颗麻子的人活着，难道就容不下比他还少一颗、只有四颗麻子的人的存在？

你忧心忡忡地走出酒吧，而我却异常轻松地跟着出去。看着大街上、满世界的人群，看着比我美的、和我一般的甚至比我更丑的千千万万的人们，他们都心情愉快、满怀信心地活着！我——一个正值青春年华、豆蔻岁月的妙龄少女为什么要轻生呢？

最后我还是要感谢你！尽管你心如蛇蝎、冷酷无情，然而最终还是你救了我——是你的"五颗麻子"救了我！我衷心地感谢你，衷心地感谢你的那"五颗麻子"！

大郎看完信，一下瘫在了椅子上……

(傅中华 编译)
(题图：谭海彦)

走邪运的富翁

很久很久以前,有一个商人名叫卡西姆,是一国之中最富有的人,他有许许多多又大又坚固的箱子,里面装的全是金灿灿的金子……虽然他很富有,但他的花费却比这个城市里最贫穷的叫花子还少。他每天吃的仅是椰枣和面包,一件衣服穿十多年,更令人难以置信的是,他已经三十年没有买过新鞋。当他的鞋子破了时,他就去找修鞋匠说:"在旧皮子上钉上一块新皮子,旧皮子不要剪掉,它是花了钱的。"这样一次一次地在旧皮子上钉新皮,卡西姆的鞋子就成了这个城市里最大的一双皮鞋。后来,这个城市里的人一见到卡西姆过来,就乐不可支地说:"看,破鞋来了!"

卡西姆的一个朋友实在看不下去了,心想:这怎么行呢?卡西姆是个富商呀,他应该穿与富商身份相称的鞋子!于是他就瞒着卡西姆,到市场上买了双最好的鞋子。有一天,卡西姆去教堂做祈祷,他的朋友就一路紧跟,看到卡西姆脱下鞋子走进教堂,他就赶紧拿掉那双又大又笨重的皮鞋,换了双新买的鞋子。祈祷结束后,卡西姆走出教堂却不见自己的皮鞋,他非常生气,心想:"肯定有人把我的鞋子偷走了。"他在教堂门口立了半天,做祈祷的人都走光了,门口却剩下一双新鞋。这时他又想:"一定是哪个粗心的人穿错了鞋子,把我的鞋子穿走了,把他自己的鞋子留在这里。"卡西姆就穿上这双新鞋回家,可他一点也不高兴,说穿上这双新鞋在街上走很不舒服。

却说卡西姆的朋友拿着卡西姆的鞋子离开教堂后,却为如何处理这双破鞋犯了难。正在这时,他看到一个叫花子,就打算把这鞋送给他,但叫花子却说:"谢谢你,我穿的鞋子比你这双好。"他摇摇头,叹口气,继续往前走,突然他看到一所带庭院的房子,庭院的围墙很高,他心里有了主意,决定把鞋抛进去。由于鞋子太重,他的双臂酸疼难忍,费了很大劲才把鞋子从外面扔进庭院里。这时正是中午时分,人们都在午休。这所庭院的主人刚巧去市场了,到傍晚才回来,回到家里便发现了这双鞋。他像这个城市里的所有人一样,知道这鞋子是卡西姆的,于是就去找卡西姆。不巧在半路上恰遇卡西姆,他咆哮着,左手揪住卡西姆的胡子,右手伸过来就打。路人闻讯过来,把他们两人拉开,叫着:"圣徒不能打架,见法官去!见法官去!"

两个人被带到法院,庭院主人先讲:"卡西姆试图进入我的房屋,他看到我回来就逃跑了。他逃得太急,连这双破鞋都跑丢了!我是在我的庭院里拾到的,他必须受到惩处。"说完后他向法官出示了鞋子。卡西姆急了,忙申述自己丢失破鞋的经过。听完两人陈述后,法官说:"卡西姆，我很了解你和你的鞋子，正如原告所述，要不是你急于逃走，你怎么会把你的鞋子留在人家庭院里？谁会把你的旧鞋拿走而留下新鞋呢？你分明是在说谎。"法官说卡西姆必须受五十下鞭刑的惩罚，士兵们把卡西姆的双手在背后捆起来打了五十鞭子。鞭刑时，原告站在一旁观看，鞭刑完毕，他把鞋子扔给了卡西姆，说："把你的鞋拿去，以后偷东西要小心点。"

卡西姆回到家里，泪流满面，这双旧鞋给他带来这么大的不幸，他决心把它扔掉。这么想着，他来到城外一个垃圾坑，把这双鞋子扔了进去，然后回到家里躺倒便睡。

不料，卡西姆一觉醒来，发现那双破鞋又整整齐齐地摆在床边了。

这是怎么回事呢？原来卡西姆养了一只忠实的狗，可他平时舍不得给它吃任何东西，狗饿了就只得去垃圾坑觅食，这次它在垃圾坑发现了主人的破鞋，就一只一只给衔了回来。此时，卡西姆正在睡梦里，哪里知道这些情况哩！

卡西姆心里很害怕，他想："这双鞋子怎么会自己回来？它想给我带来新的不幸。"想到此，他就在院子里点起一堆火，当火烧旺时，就把这双鞋子扔进火堆。突然一阵大风吹来，把几张遮挡阳光的草席燃着了，烟雾直冲云天。邻居们高喊着"失火了！失火了！"跑到卡西姆的院中，他们汲取井水很快将院子里的火扑灭了。但是燃烧着的草席点燃了房屋，木质天花板迅速燃烧，邻居们对此束手无策，很快卡西姆的房屋被大火烧光了，只是他那双旧鞋完好无损，看得邻居们目瞪口呆！

卡西姆心里充满了恐惧、悲伤和愤怒，他此刻急了，一心要毁掉这双鞋子。想了三天三夜，他决定找一块秘密的地方把它埋掉。于是他带上这双破鞋，走出城外，找到一个洞穴，他把鞋子扔进去并把它推到洞底，用土把洞穴填起来，他看看无破绽可言，就放心地回家了。

几天前，另一个国家两位富商来到这个城市。他们害怕这个城市有贼，就秘密把他们所带的金子埋在城外一个洞穴里。有一个贼看见他们埋金子，一等两个富商离开后，他就挖开洞穴把金子拿走了。而这个洞穴恰恰就是卡西姆埋鞋子的洞穴，可卡西姆并不知道先前发生的这些事。

当这两个富商要离开这座城市时，便赶到埋金子的洞穴去挖金子，但洞穴里只有一双旧鞋子搁在石头上，哪里还有金子的影子？他们拿着这双鞋子去找法官，对法官说："我们把金子埋在城外一个洞穴里，一个贼人把金子偷走了，把他的鞋子留在洞穴里。"法官看到这双鞋时感到很惊奇，就说："我知道这双鞋子，我认识这个贼人。"他命令士兵把卡西姆带到法院。法官对他说："卡西姆，第一次你试图进入一个商人家里去偷东西，这次你又偷了这两个人的金子，你是个贼，你必须再次受到惩罚。上次你受的惩罚轻，打了你五十鞭子，这次你必须受更重的惩罚。你必须赔偿这两个商人一千两金子，还要砍掉你的右手，只有这样，大家才知道你是个什么样的人。"卡西姆请求宽恕，但法官不听他的，士兵们把他捆起来砍掉了右手。

卡西姆坐在自家院中，房屋烧光了，右手被砍掉了，人几乎瘫了，整天喃喃自语："我必须离开这个国家，如果我在这里，这双鞋子还要给我带来灾难，我毁不掉它们。"卡西姆带着他剩下的金子，把这双鞋子放在院子里，驾船离开了这座城市，由于他只有一只手，不能驾驶船只，这只船行了一二里路，就倾覆河中，卡西姆一只手扑腾了几下，丧了命，波浪把他的尸体冲到了岸边。

直到第二天，人们才发现卡西姆的尸体，他们把尸体冲洗干净准备埋葬。有人说:"卡西姆被砍掉的那只手在哪里? 一个人被埋葬时尸体必须完整。"有人答道:"为什么要问他的手呢? 他从来没用那只手给过穷人一分钱。他只要他的鞋子,那双鞋才真正是卡西姆的一部分。"

于是人们走到卡西姆的院子中,在那里找到他的鞋子,把这双鞋子穿到他的脚上然后抬到坟地埋葬。当人们抬着他的尸体在街上走时,有人问:"你们要埋的人是谁?"抬尸体的人答道:"我们埋葬的人一半是卡西姆,一半是他的鞋子。"

(刘运通 编译)
(题图:箭 中)

紧急求援

中原广播电台最新开辟一条"热线电话",叫"为您解忧",专门解答听众在日常生活中遇到的各种疑难问题。主持这档节目的是位年轻姑娘叫兰玲。她才从广播学校毕业,音质柔和圆润,热情亲切。每周一、三、五、日上午九时,人们打开收音机时,她的头句话:"听众朋友们,您好。我叫兰玲,有什么需要我帮忙的吗?"总是让人心里热乎乎的。

这天是星期日,兰玲姑娘刚讲完这句话,桌上的热线电话便"嘀嘀嘀"地响了起来,一位男中音通过话筒从收音机里传了出来:"兰玲同志,您好,我是人民路溶剂厂的,由于我们工作失误,将外宾的一枚古希腊金币粘到了一块金属板上,怎么也取不下来,希望能通过电波向各界求助。如有取下金币者,我们愿付1000元的酬金。"

兰玲十分奇怪:"请问您是用什么粘的?""就用我们厂生产的708金属粘合剂,谁知这一粘就取不下来了。"兰玲又问:"请问先生贵姓,如何联系?""免贵姓丁,就是一竖一勾,可能是百家姓里最简单的;不怕您笑话,我们厂在人民路东旮旯胡同20号,可能是全市最不起眼的胡同;我虽说是厂长,可手下不到十个兵,可能是全市最小的工厂;电话号码是'516888'即'我一路发发发',可能又是全市最吉祥的电话号码……"

对方诙谐地答完兰玲的问话,又有礼貌地道声"再见!"便搁下了电话。

兰玲放下电话,对听众讲道:"刚才有位姓丁的朋友打来电话,说是外宾的一枚名贵金币误用了他们厂的粘合剂,粘到金属板上怎么也取不下来,哪位高手能将它取下来,他们愿付1000元酬金,联系电话516888……"

第二天上午,兰玲播音室的热线电话又响了起来:"喂!兰玲,我是'四可能'呀!"兰玲一愣:"四可能?""是呀,姓氏可能最简单,厂址可能最不起眼,手下的兵可能最少,电话号码可能最吉祥……"兰玲忍不住咯咯咯地笑了:"噢,原来是丁先生呀!您的金币取下来了吧!""没有呀,这不又向您求援来了?昨天您一广播,下午倒是来了一帮人,可谁也没取下,可能是奖金太少了,请再麻烦播一下,我们决定把酬金提到5000元……"

兰玲应了一声,又将昨天的内容播了一遍。

星期三,兰玲在播音室一直想听到关于金币的消息,可是却一直没接到丁厂长的电话,兰玲不知怎么,心一直平静不下来,几次险些答错听众的问题,临节目结束的前几分钟,她实在憋不住了,便对着话筒讲道:"听众朋友们,前些天我们接到人民路溶剂厂的两次求援电话,引起朋友们的极大兴趣,今天我受大家委托,同他们再联系一下。"说着便拨通了516888。

接电话的正是自称"四可能"的丁厂长,他一反前两次那幽默的话语,沮丧地回答道:"谁也没取下来,看来我们得赔偿外宾损失了,这下可惨了!"

走出播音室,兰玲既失望又纳闷:"什么东西能把金币粘得如此牢固?"越想越按不下好奇心,干脆向台长打声招呼,骑上自行车,按丁厂长提供的地址,朝人民路溶剂厂蹬去。

东旮旯胡同果然如丁厂长介绍的那样不起眼,兰玲东打听西询问,好不容易找到那家厂。此时厂门口挤满了人,一位小伙子站在一张桌上,举着一块粘有金币的钢板朝人群喊道:"请注意,这枚世界罕见的古希腊金币是用我们厂生产的'708'粘的,大家可能都听到广播了。哪位先生能将它取下来,我们愿付5000元酬金,我们的要求只有一条,不得损伤这块金币……"

话音刚落,一位彪形大汉应声走上来,他一手抓起钢板,另一只手用力抠那块金币,哪知抠了半天,那块金币纹丝不动,只好退了下来。

第二位上来的是个小青年,看来他似乎早有准备,他不慌不忙地从腰上取出一把精致的小刀,他先在金币四周刮了几下。然后用刀尖插进金币下的空隙里,使劲撬了起来,谁知"啪"的一声,刀尖被折断了,在一片哄笑声中,他满脸通红地跳下桌子,"吱溜儿"一下钻进了人群。

接着又跳上几个应征者,他们使出十八般武艺,可那块金币仿佛像长了根似的,就是一动也不动。他们只好一个个擦着汗,败下阵来。

兰玲看了好久,不禁暗暗称奇。她讨了一份关于"708粘合剂"的产品说明书,骑车回到台里。中午,她顾不得休息,伏在桌上"唰唰唰"一气完成了一篇通讯:《神奇的708》,第二天,便在中午黄金时间播了出去。不久，市晚报、省电台也转载转播了兰玲的这篇文章，市电视台还专门进行了现场采访，一时间，"708"成了人们的热门话题。

又是一个星期日，兰玲姑娘同往常一样早早来到值班室，只见门口立着一位手持鲜花的年轻人。他一见兰玲，忙上前说："如果我没认错的话，您就是兰玲小姐吧。我代表全厂职工向您致敬！"说着将鲜花捧到兰玲的面前。

兰玲惊诧地朝后退了一步，不解地问："您这是……"小伙子自觉冒昧，忙又用男中音诙谐地自我介绍道："鄙人姓丁，外号'四可能厂长'，是专程向您请罪的！"

兰玲一下子想起那天厂门口的小伙子，顿时咯咯地笑了起来："丁厂长，幸会幸会，'请罪'二字实不敢当，您没得罪我什么。"

"可我却欺骗了您，"丁厂长收起笑容，郑重其事地说，"不瞒您说，我们厂研制的708质量好，但由于我们厂底子薄，加上知名度几乎等于零，所以至今无法将这一产品推向社会。在掏不出昂贵的广告费的情况下，只好利用您主持的热线电话，编了一套瞎话让您帮我们做了次产品广告，其实所谓的古希腊金币和外宾都是假的。就是因为有了您的热线电话和那篇通讯，才使我们打开了产品销路，今天，我特意代表全厂职工向您送上这束鲜花。"

(申之珉)

(题图：顾子易)

苦楝树作证

旺发老汉一早就和村主任吵得不可开交，原因很简单：村子穷得全县有名，村主任扛着这块穷牌子，每年都能从上面得到很可观的资助。今天县里又有扶贫的财神爷要来考察，村主任和往常一样，弄些衣衫褴褛的老人孩子在村口路边等着，以此打动来宾，指望救济。没想到，这回差点被旺发老汉坏了好事。

旺发老汉的儿子在城里教书，几天前，忽然捎信回来，说找了个女朋友，今儿要来看看。旺发老汉和老伴又喜又悲：喜的是儿子有了女朋友，悲的是家里穷得是甩手打着墙，抬手摸着梁。老两口一合计，去镇上磕头作揖租了冰箱、彩电等几样家用电器，装装门面。

县里的扶贫财神爷要来，而旺发老汉的家又在村口，要是让他们看到这些租来的家用电器,那就说不清楚。村主任直着嗓门嚷:"我这是全村的大事,坏了大事,我让老少几百口子把你这身老骨头砸碎了吃!"旺发老汉也不示弱:"这是我们家一辈子的事,坏了我的家事,你不吃我,我也死给你看!"

正在难分难解之际,村会计"小诸葛"出了个主意:"我看这样,安排几个壮汉在旺发家屋后猫着,然后再派个人在村口放哨。如果是财神爷来了,马上将电器搬出屋子,藏在草垛里;如果是小媳妇来了,再快速将电器搬进屋。两全其美,互不打架。"

村主任闻听有理,对小诸葛说:"你脑子快,眼睛尖,就安排你在村口放哨。如果是财神爷来了,你就学驴叫,如果是小媳妇来了,你就学狗叫。我这头听你的叫声行事。"

旺发老汉又不干了:"凭啥我家儿媳妇来了,就让狗咬?不干!"

村主任息事宁人地摆摆手:"好好好,改过来,小媳妇是驴叫,财神爷是狗叫。"

于是,负责放哨的小诸葛来到村头的苦楝树下,不时地瞪着眼睛向远处眺望。一直等到快晌午了,还不见人来,昨晚打了一夜扑克,正困着哪,小诸葛不知不觉就靠着树干迷糊着了。

突然,有人喊:"来人了!"

小诸葛猛然惊醒,来不及多想,就扯着喉咙学狗叫。叫了几声,他定睛一看,路上来的好像是个陌生的女子,又赶紧改口学驴叫。

这边,村主任带着几个愣头青刚将电器搬出屋,忽听狗叫改了驴叫,旺发老汉大叫:"快!快搬回屋!'"又赶紧将电器搬进屋。刚刚摆放妥当,还没来得及喘口气,忽又传来小诸葛"汪汪汪"的狗叫声。村主任急坏了:"快,搬出去!狗日的小诸葛,看我怎么收拾你!"

原来,村头的小诸葛原先以为那年轻的陌生女子是旺发家的儿媳妇,没想到那女子上前来打听村干部怎么找,再一问,说是从县里来的。毫无疑问,是来扶贫的财神,小诸葛赶紧发信号,学狗叫,弄得那女子捂着嘴直想笑。

小诸葛说:"我知道村主任在哪儿,我领你去。这回,能给咱村多少钱?"

女子一愣:"给钱?"

小诸葛到底精明,立即站住,问:"你不是来扶贫的?"

女子笑了笑:"你先领我去旺发家吧,我和他儿子是同学。"

闻听"旺发"二字,小诸葛心里一激灵:我说哪有这么年轻又是一个人悄悄来扶贫的干部?得,肯定是来暗访的小媳妇!倘若耽误了旺发家的好事,他们非找我拼命不可。

小诸葛不敢怠慢,又扯着脖子改学驴叫,吓得那女子满脸煞白,怎么刚进村就碰到个脑子有毛病的人?

小诸葛领着女子,两个人一前一后刚走到旺发老汉家的篱笆墙边,就听到屋里传来撕心裂肺般的哭喊声。原来,几个负责抬电视机的冒失鬼被小诸葛的叫声弄得晕头转向,一失手,将崭新的电视机摔在地上,又恰巧地上有个大石墩,租来的电视机屏幕被砸了个粉碎。老两口一下子吓傻了,旺发老汉眼一黑,瘫倒在地,他老伴哭得死去活来。

村主任和大伙也吓呆了,一架大彩电两千多块钱,莫说旺发家赔不起,就是村里也拿不出啊!看着苦了一生的老两口,看着摔坏的电视机,再想想一贫如洗的村子和自己这种窝窝囊囊的样子,村主任鼻子一酸,"哇"的一声哭了起来。几个闯了祸的愣头青见村主任这样,也抱头哭成一片汪洋。

人们三三两两朝旺发老汉家围拢过来,小诸葛明白这灾祸与自己,不,与这女子有关,他瞪着悲愤的眼睛大叫道:"你到底是来扶贫的,还是来看婆家的?"

看着这里的一切,女子似乎明白了什么,她拿出介绍信,说:"我既是扶贫干部,也是你们村未来的媳妇。惭愧的是,我今天不但没给你们带来一分钱扶贫款,还给你们造成了损失。"她上前搀起旺发老两口,抹去老人脸上的泪水,对全场的人说:"但我发誓,倘若两年后,谁家娶媳妇还买不起一台电视机,我就吊死在村头的苦楝树上!"

全村的人都愣住了,定定地看着她,因为总算见到了一个和过去不一样的扶贫干部。

(傅昌尧)

(题图:杨宏富)

继　父

旧社会熏陶过的人，能这么干净？

李老师姓李，名叫李墨海，家里祖辈都是教书人，他也是一副遗传下来的私塾先生模样：瘦瘦的，戴一副老式黑框眼镜，讲起课来就像个说书的，绘声绘色，唾沫星子乱飞。这种人，在那个查三代的年月，自然成了"文化大革命"的重点。运动一开始，红星中学就把几个"走资派"和旧社会过来的老教师集中起来办学习班，李墨海自然在劫难逃。

学习班的负责人是学校的青年教师，名叫张红兵。说起来，这个张红兵当年不单是李墨海的学生，而且还是李墨海上课注意的重点目标，因为张红兵老喜欢把课外书带到课堂上来看，影响自己不算，搞得周围同学也分心。这下好了，李墨海如今成了张红兵的阶下囚，当年课堂上的师道尊严全没有了，不知是因为害怕还是态度不端正，他变得目光躲躲闪闪，嗓音沉糊嘶哑，问他话时从不敢与人对视，回答问题老是支支吾吾，特别是关于他自己的历史问题，越交代越糊涂。终于，他成了学习班上隔离审查的重点对象。有很长一段时间，造反派规定：不准他随便接近任何人；除了学习材料和报纸，不准他看任何东西；往来信件都要经过严格检查。每天，除了学习班组织的学习、劳动外，李墨海就是写材料、交代问题。

一段时间审查下来，张红兵反复研究李墨海每次交代的材料，得出这样的印象：他父母早亡，老婆也早就死了，一个人孤身多年，只在江苏老家有个远房亲戚，但也没什么来往，他一辈子就是教书。但是，难道几十年的历史就这么简单？旧社会熏陶过的人，能这么干净？李墨海交代得越简单，张红兵就越觉得里面有问题。你想，平时一篇短小的文言课文，他能引经据典，讲得头头是道，怎么说到自己的问题就成一锅清汤了？张红兵越想越觉得不对劲，一怒之下便勒令他：不把历史问题交代清楚，永远别想离开学习班。

那个年代嘛，学生与老师的关系就时兴这样，学生与老师的界限划得越清楚，这个学生就越有造反精神。革命就是造反，绝不能温良恭俭让！张红兵成了学校里出了名的造反派头头。这天晚上，李墨海突然要求见张红兵，但站了半天却不说一句话。张红兵看他十分紧张的样子，以为他一定有重大问题交代，就拉了把椅子叫他坐下来，说："终于想明白了吧，慢慢说吧。"只见李墨海抬起挂满汗水的脸，恳求的眼光直愣愣地望着张红兵，嗓子里咕哝了一声，结结巴巴地说："我、我想回一趟老家。"张红兵一听就来火："你搞什么名堂？"当即断然拒绝。

没过几天，李墨海又抖抖索索地站到张红兵面前，手里捏着一张报纸，说："我，我还是想回一趟老家。"张红兵讥讽道："你不是交代说你和老家没什么来往吗？"

李墨海指指报纸上的一条消息,说:"老家发大水,遭灾了。"

张红兵冷冷一笑:"有党和政府的关心,有全国人民的支援,要你着什么急。隔离审查期间,死了这条心吧。"

却不料,从这以后,李墨海的精神和身体状况都发生了显著变化,经常答非所问,心不在焉,神情恍惚,进而又闹起病来,成天发高烧,说胡话,吃什么药都不见效。张红兵有些吃不准,这到底算怎么回事。

这天,李墨海老家打来一封电报。那时候,牛鬼蛇神是连收信自由也没有的,电报被张红兵拆开了,一看,上面写着:父病重,速回。张红兵立刻冲到李墨海那儿,质问道:"你不是说你父亲早就死了?"

"是的。"

"那这是怎么回事?"

李墨海扫了一眼电报,两只眼睛突然直勾勾地盯在上面:"他、他确实是我父亲。"

"那就是说,你以前交代的材料全是假的?"

"不,不,是真的!"

张红兵抖了抖电报:"那这又怎么解释?"

李墨海支吾了半天,最后说:"我、我还有个继父。"

"继父?为什么没交代?"

"因为,因为我想……我想他不是直系亲属。"

"既然这样,就不必回去了。"

张红兵气势汹汹地说完,转身就走。

只听李墨海在他身后急切地喊道:"可是,可是他一定病得很重!"

张红兵根本就不理会,径直向门口走去。突然,就在他迈出门槛的时候,只听到身后一声惨叫,回头看时,李墨海已经直挺挺地倒在地上,脑袋都碰破了。

张红兵心里一动：莫非他老家会有什么"文章"？看上去，这个继父与他的感情非同一般。张红兵思忖再三，决定放李墨海回老家。他断定，这样做肯定会对案子的审查有一个重大突破。有人劝张红兵不要上当，说李墨海肯定会趁机溜了。张红兵一拍胸膛："天网恢恢，到处都是红色天下，他能往哪里跑呢？问题隐藏得越深，越得放长线。"张红兵主意打定，便批准李墨海探亲。

一说准许走，李墨海对张红兵千恩万谢，感激涕零，顿时病就好了一大半。他一再保证，一定在规定的期限内按时回来，并且一定老老实实如实汇报回老家的情况。他当即就工工整整写了保证书，生怕张红兵反悔，还急不可耐地按上了手印。

第二天凌晨，李墨海只拎了一个简单的包，就迫不及待地匆匆离开了学校。他前脚走，张红兵后脚就启程。为了缩小目标，他一个人只身跟踪。

这个私塾先生跑到哪里去了？

也许是病了几日，腿脚不太利索，李墨海一开始上路，走得并不快，而且总是贴着墙根走，一边走，一边左顾右盼，让人觉得他不是心里有鬼就是不习惯没有人监督。转了几个弯，上了大街后，他的步子才开始加快，后来，索性甩开大步，直奔火车站。到那儿一看，离开车的时间还早，李墨海徘徊在进站口，活像热锅上的蚂蚁，好像迟一步就要被抓回去似的。

终于，进站口放客了，人流在伏天的太阳下缓缓向前移动，张红兵紧盯着李墨海的身影，上了站台，钻进车厢。暑热天气，挤在火车里真不是好受的，为了防止被李墨海发现，张红兵故意与他隔开一节车厢。

列车严重超载，连走廊里也挤满了人，直到开了车，车厢里才算有了点风。张红兵好不容易透过气来，便时时刻刻提防李墨海中途溜走。每当停站时，他都要把头探出窗外，看看李墨海会不会突然下车；每次上厕所或在车厢连接处打开水的时候，张红兵也都要从人缝中悄悄看一看，李墨海有没有什么动静。

那个时候，火车晚点是常有的事，这列车走走停停，总给别的车让道，完全打乱了运行时刻表。整整开了一天，夜晚来临的时候，燥热的车厢才稍微凉爽了点。张红兵觉得十分疲倦，好不容易坚持着熬到后半夜，脑子里塞满了乱七八糟的念头，心里想着：这老家伙为什么一定非要选择这个时候回老家？闹水灾和回老家究竟有什么关系？"继父"究竟是怎么一回事情？想着想着，就见李墨海跪在一个比他更老更瘦的老头面前，哽咽着说："爹，你受苦了，我、我回来看你了……"老头哆嗦着扁嘴，说："回来就好，回来就好……"边说边从马褂袋里掏出一本变天账，"这个该你收着了，儿呀，我们这个家今后就全靠你了……"张红兵看到这里，心中一热，猛地大喝一声，蹿上前去，只听得"咚"的一声，头撞在车厢壁上，原来是做了一个梦。

此时，列车正停在一个小站，张红兵连忙挤到前面车厢，一看，李墨海的座位上已经换了人。张红兵大惊失色，不顾一切地打开车窗，伸出头去，前后扫视整个站台，站台上只有稀稀拉拉的几个旅客。张红兵连连惊呼："大事不好！"这时，开车铃已经响了，任凭张红兵怎么解释，列车员还是关上了车门。

张红兵的脑子连轴似的转开了：会不会是因为李墨海发现我跟踪，

躲到另一节车厢里去了?抱着一线希望,他穿过了列车上所有的车厢,可是一无所获。李墨海肯定是下车了!张红兵拉开包,找出地图册,急切地在地图上找了起来,又问列车员,才知此刻列车已经驶出李墨海行前交代的下车站名很远了。

幸亏下一站没多久就到了。张红兵跳下火车,心急火燎地想挤出站口,被站勤人员不由分说拉到补票口。补完了票,才得知只有第二天中午的返程列车。车站周围完全是漆黑一片,根本搞不清楚方向,连个问路的人都没有,看来最佳方案只有等待。张红兵不由得长叹一声,一屁股坐倒在候车室的木条椅上。

还好,返程列车总算正点,中午开出,傍晚时便到了李墨海老家那一站,铁路旅行终于结束了。李墨海的老家,其实离铁路还很远,水灾又使许多公路线路停运,张红兵搭乘的汽车也只通一小段。尽管挤在汽车上难受,但那毕竟还比较省力,到了连汽车也不通的地方,就只好凭两条腿走路了。

到处是洪水过后的痕迹,有路和没路几乎没有什么两样,反正都是稀泥,张红兵就这样一脚泥、一脚水地向前走着。条件确实艰苦,张红兵已经好几天没有像样地吃饭了。至于睡觉,就更别提了,大多数房屋坍塌,老百姓自己都没地方住,好赖弄到个躺的地方,就是一种奢侈的享受了。

那么,这个李墨海到底跑到哪里去了?一路上都没见他的踪影,张红兵不禁感到迷惑:他年岁比我大,身体没我棒,又刚刚大病一场,走这样的路,难道能比我还快?对了,说不定这家伙是个大孝子,听说孝子不顾一切奔丧的速度是常人难以想象的。

事情总有熬出头的时候。张红兵仗着年纪轻,跋山涉水,深入灾区几百里,终于到达了目的地。

当地房屋多是土墙,水虽然退去,可是村落也几乎不存在了。几个孩子把张红兵领到村支部。树底下一张简陋的桌子,上面放了盏马灯,这就是村支部的临时办公地。张红兵向老支书说明来意,支书皱起眉头,思忖半晌,说道:"没错,他老家是这里,可是最近没回来过,十几年都没有回来了。"张红兵一听,真是泄了气,心里凉透了,不由骂了句:"这个老奸巨猾的家伙!"

谈起李墨海的历史问题,老支书拉开话匣子,告诉张红兵说:"他出身书香门第,父亲是本村的老私塾先生,家庭成分不算好,不过也没干过什么坏事。他早年去上海读书,后来在外边找了工作,结婚时候回来过一次,老人死的时候又回来过一次,以后就再也没见过。他媳妇一看就是个知识分子,好像也是教书的,听人说没几年就得病死了,连个孩子也没留下。"

老支书说的这些情况,同张红兵原来掌握的材料差不多。张红兵追问李墨海在村里有没有别的亲戚,老支书想了又想,说:"好像他有个姨表姐姐,大概六十多岁了,来往不多。"

"她住哪?"

"离这儿起码五六十里路。"

"怎么走?"

"等两天找个人陪你去,这条路不好走。"

"不必了。"张红兵站起来想走,但两条腿沉得迈不开步,头重脚轻,像飘在云里一样。他本想把李墨海继父问题说出来,又怕打草惊蛇,影响以后的进一步审查,但因为心里老想着这个问题,心里一急,"继父"两字脱口而出。

"什么继父？李墨海有继父？哈哈，没有，从来没有听说过。"老支书说得十分肯定。

张红兵心里一沉，解释道："'继父'，不知你们这里怎么称呼，就是说，他父亲死后，有没有再找一个父亲？"

"他妈没有改嫁过。别的不敢说，这一点我可以证明。"

"就是说他没有继父？"

"那还有假？"

"能不能写个材料？"

老支书一口答应，但翻腾了半天没有找着一张纸，最后就写在张红兵的本子上，还按了手印。

于是，张红兵又踏上了新的征程，按老支书的指点，急冲冲地向五六十里外李墨海的姨表姐姐家走去，一路上，他不住地给自己打气："一定要坚持住。"直到第二天傍晚，张红兵来到一个偏僻的村子，经打听，确定这正是他要找的地方，而且也搞清了，李墨海的姨表姐姐家，就是村头的那间茅屋。这里属丘陵地带，地势较高，所以灾情相对就轻多了。不知怎的，张红兵心里莫名其妙地有点紧张起来，他找了块地方坐下，稍事休息一下，顺便又观察了一下周围的环境。只见几间茅舍七零八落地散布在隆起的土丘下，掩映在暮色降临的竹林之中。李墨海究竟会不会跑到这里来？假如再没有新的发现，他这些天付出的艰苦努力将前功尽弃。但本能告诉他，猎物就在附近。瞧那战前的静谧似乎笼罩在这里的每一片竹叶上。为了不打草惊蛇，张红兵决定等到天黑再行动。

天终于完全黑下来了，张红兵整了整衣服，便向村子里摸去。张红兵高一脚、低一脚地悄悄接近那个窗口，把脸贴了上去。首先映入眼帘的是一盏油灯，接着又逐渐看清了，油灯搁在桌子上，桌上摞着很多书，有一双手正在颤颤巍巍地翻着。那个熟悉的、有点秃顶的头还能是谁呢，正是该死的李墨海！好啊，果然看继父看到这儿来了！张红兵的心怦怦直跳，呼吸急促，太阳穴都快要迸开了，一股按捺不住的兴奋感腾然而起，他差点喊出声来！

黑暗中，他们摸火柴的手碰到一起

李墨海的继父在哪里呢？他不辞辛苦，跑了几千里路，不是要回来看继父吗？张红兵又贴近窗口朝里张望，屋子不大，很简陋，地上除了搁着一只大大的木头箱子，没有别的东西。箱子盖打开着，里面塞得满满的，全是书。张红兵看遍了屋子的角角落落，确实只有李墨海一个人，而李墨海对周围的一切全无察觉。只见他小心地抚摸着书面，细心地掀翻着书页，与其说在看，不如说在欣赏。他搁下一本，又拿起另一本，一会儿心疼地摇摇头，一会儿满意地笑一笑。有的书放下去、拿起来好几回，捧在手里没完没了。他在折腾啥？跑这儿来多久了？那是谁的书？张红兵脑子里闪过一连串的疑问。奇怪，此时此刻，他居然想起自己当年，对课外书的那种痴迷，当初在课堂上，被李墨海没收书的事何止一两次，那个时候，哪里会想到会有今晚呀？张红兵转过墙角，"嘭"的一声撞开门，冲了进去。

李墨海做梦都没有想到，张红兵会在这个时候突然出现，简直惊呆了，愣了半晌才恢复神志。他扶了扶眼镜，脸上似笑非笑，似哭非哭，嘴皮子动了动，但什么话也没有说出来。张红兵不想听他编故事，跨步走到书箱前，做了个命令的手势，要他站到一边去，随后就挑亮油灯，借着灯光仔细查看书箱。乖乖，这是一些多么诱惑人的书呀！张红兵只一瞥眼，就被放在最上面的一批书名吸引住了：《红与黑》、《战争与和平》、《母亲》、《悲惨世界》……这些书他没看过，但这些书名却是早就听说过的。张红兵伸手就要去拿，站在一边的李墨海这时候却突然猛烈地咳嗽起来。什么意思？难道书箱里有诈？张红兵坚定而又迅速地把整个书箱翻了一遍。除了书，还是书，其他什么都没有。只是这些书全都受潮了，越往下翻，潮得越厉害，有的书页甚至掀都掀不开。张红兵疲惫地靠在箱子上，用疑惑的眼睛打量着李墨海。李墨海垂手而立，不发一言。张红兵明白了，其实，李墨海刚才是不想让自己碰他的书。

张红兵两只眼睛死死盯住李墨海，问道："回来的事情都办完了？"李墨海低头不语。

"继父呢？病好了，还是已经送葬了？"

李墨海仍然不吭气。张红兵的嗓门抬高了："说！他在哪里？不是病危了吗？怎么不急着去给他看病？"李墨海沉默良久，先是低声啜泣，继而号啕大哭起来，哭得那么伤心，那么凄惨。他流着眼泪说："我对不起组织的教育，我欺骗了组织，可我的确是清白的。"

"清白？"张红兵瞪了他一眼，"如果不抓着你，回去你能说实话？老实交代，电报是怎么回事？我看你根本就没有什么继父！"

"我、我交代。"李墨海咬了咬牙，说，"我请求回来，其实不为别的，就是为了看看这些书……"

"看书？我看你是不想出学习班了！"

"确实是回来看书。"李墨海的态度显得很诚恳，"这不，都在这里。"

"是谁的书？"

"我的，全是我的，这都是我多年积累和祖上传下来的。"

"既然是你的，为什么藏在这里？"

"我是怕……怕被没收。"

"你把它转移了?抄家前?"

李墨海点点头:"我这辈子就一个嗜好,喜欢书。报上说老家发大水,我担心极了,晚上睡不着觉,连梦里都是书。我偷偷写了封信回来,给我的姨表姐姐,让她无论如何找人给我发个电报,我一定要回来看看。这不,箱子被水泡了,等老乡们捞起它的时候,箱子已经在水里泡了好几天。幸亏书挤得紧,没都湿透。"

张红兵随手抓起箱面上一本浸过水的书,说:"湿成这样了,还有什么保存价值?"

李墨海小心翼翼地回答说:"我请教过裱糊匠了,他们说有办法,有的要散开晾干,重新装订,有的只要把受潮的纸边刨掉就行了,大部分书都能恢复如新。"李墨海说到这儿顿了顿,见张红兵没言语,又壮起胆子继续说,"这都是些难得的好书。古人说:'聚书藏书,良匪易事。'能基本上恢复,我就心满意足了。我没有亲人了,书就是唯一的亲人,见书如见友,见书如见父,不回来看看,我死都不能闭眼。"说到这里,他长长地叹了口气。

时至今日,批判封资修的战鼓擂得冲天响,李墨海居然还有胆量面对一个造他反的学生,讲出这样一番话来,是因为他身上那种难以抑制的对书的痴迷?如果这番话放到学习班上去讲,大批判的拳头或许早就落到他头上来了,奇怪的是此情此景,张红兵居然没有跳起来,他沉默着,只是深深地看了李墨海一眼。

转而,张红兵在大木箱前蹲了下来。很长一段时间了,除了红宝书,他没有摸过别的书,冲冲杀杀的日子里,他早已忘记了自己也曾经是一个书迷,可能是刚才李墨海的一番话,好像突然唤起了他对自己学生时代的回忆,他蹲在书箱前,在李墨海的眼睛里,好像他又回到了当年的课堂上。

箱子里大部分是文学书籍,除了比较熟悉的古典名著,还有各种版本的演义、话本、传奇。除此之外,巴尔扎克、托尔斯泰、契诃夫、左拉、莫泊桑等世界名家的名著也不少。张红兵一本一本地翻看着,放下一本,又拿起另一本……

李墨海见张红兵依然对书有兴趣,颤巍巍地说:"当时没收你的书,主要是怕你影响学业。一个人喜欢读书是好事,立身以学为先,立学以读书为本。为了读书,古人囊萤、映雪、刺股、凿壁……"李墨海越说越激动,越说声音越响,甚至那只右手不由自主地又挥了起来,这是他上课时的习惯动作。一看李墨海这副得意忘形的样子,张红兵的思绪又回到了眼前:不对!这些书竟然使自己差一点忘了自己的使命。张红兵立刻清醒过来,严肃地对李墨海说:"这些书全是封、资、修的东西。批判会才开过几天?嗯?书全部没收!"

李墨海惊异地大张着嘴,眼睛瞪得老大,眼珠子都不会转动了。他的嘴唇颤抖着,好不容易咕哝出几个字:"你、你说什么?"

张红兵重复了一句:"书全部没收!马上就走。"说完,张红兵"砰"的一声把书箱盖合上了。

只见李墨海痛苦地摇着头,眼泪在眼眶中直打转。他一反以往在学校里那种蹒跚迟钝的样子,敏捷地一步蹿过来,护住书箱,说:"有毒也好,四旧也好,这都是我个人的珍藏!躲日本鬼子的时候,我从上海跑到四川,几千里路,什么都丢了,就是没舍得把它们扔掉。老祖宗留下的东西,有很多是无价之宝,没有糟粕,哪有精华?就说诗词歌赋,岳飞的《满江红》气壮山河,屈原的《离骚》称得上是千古绝唱,它们都是我国文学宝库中的不朽之作。古为今用，洋为中用，毛主席他老人家的很多诗词就用了古典诗词的形式，毛主席著作里的很多成语和寓言故事，也都是出自典籍：'愚公移山'出自《列子》，'自相矛盾'和'滥竽充数'出自《韩非子》，'狐假虎威'出自《战国策》，《为人民服务》里'或重于泰山，或轻于鸿毛'一句是引用《史记》里司马迁的话……"

李墨海据理力争，还要说下去，张红兵不耐烦地打断他的话头，说："现在不要你上课！你跟着我马上回学习班去！"

谁知李墨海根本不理会，继续说道："我家祖宗几代都是读书人，书就是我们全部精神的寄托。藏书，读书，终身所好。饭可以三天不吃，书不能一日不读。旧的东西不一定全是坏的，一切有价值的东西都应该继承……"说到这里，李墨海又挥起了右手，而且，他大概是为了表达自己一种坚定的信念，竟然用了政治家演讲时的下劈动作。那有力的手势，却不小心把微弱跳动的灯火苗给扑灭了。

黑暗中，两双摸火柴的手碰到了一起。李墨海的手冰冷，骨节不停地哆嗦。只是油灯再次点亮后，李墨海仍然没有恢复往日的沉默，还是继续滔滔不绝地说他自己对书的看法，而且，任凭张红兵如何命令他走，他就是一动不动。

张红兵急得脑门上青筋直蹦，一把揪起李墨海的前襟，冲着他嚷道："你要是不走，我就把书烧给你看！"张红兵说这话原本是吓唬李墨海的，原以为这样一唬，李墨海就会乖乖地跟他走。可谁知道，李墨海瞪红了两只眼，毫不示弱地反冲着他说："你敢！"

这还了得！张红兵一股热血直冲脑门，于是抓起一本书就要在油灯上对火。李墨海见状，立刻拼了命似的掐住他的胳膊。张红兵没想到李墨海竟敢对他动手！两个人你争我夺，各不相让。油灯的火苗在他们的扭动和喘息中摇曳着。突然，火苗又熄灭了，眼前一片漆黑。多日路途的劳累，气候和环境的影响，加上激动、紧张、气急败坏，张红兵不仅没有把李墨海抓住，自己反而重重地倒了下去。

继父的事，也不能说完全没有

也不知道过了多久，张红兵醒过来的时候，第一个感觉是发现自己躺在一张好几天没有享受过的床上，而且是在一个完全陌生的房间里。张红兵想支撑起来，但四肢无力，头上直冒虚汗，一阵头晕目眩，又倒了下去。张红兵使劲睁开眼睛，眼前模模糊糊活动着一个身影，细一看，是李墨海。李墨海见他醒了，忙给他端茶递药。很显然，张红兵昏迷的时候，是李墨海一直在忙里忙外地照顾他。

但是，张红兵还是没有忘记自己的使命，他推开药碗，硬撑着坐起来。李墨海一急，按住他说："别动，你身上还有烧。"张红兵逼视着他："书呢？嗯？"李墨海却装作没听见，答非所问地说："医生很难找，我自己调了点药，土办法，试试。"一边说一边给张红兵灌药。张红兵一时无力反抗，只好任其摆布。

张红兵在床上一连躺了三天。奇怪的是，这三天中，他睁眼闭眼，满脑就是那一大木箱书，一个个书名争先恐后地跳到他的眼前，心里总有一种抑制不住想去窥视的冲动。他一遍又一遍地在心里提醒自己：警惕，一定要站稳立场。

在李墨海的照料下，张红兵恢复了健康。这天，他把李墨海叫到面前，耐心解释党的政策，要求他主动把书交出来，争取宽大处理。李墨海沉默良久，膝盖一弯，竟然诚惶诚恐地朝学生跪了下来，说："都安排好了,如果能网开一面,叫我干什么都成。"

张红兵一惊:"安排好了?什么意思?你以为你自己挺聪明?就算书藏得没人能找到,除了以后变成出土文物,又有什么用呢?告诉你,凡是过高估计自己的人,终归是要失败的,不要让几本旧书毁掉自己的政治生命,成为旧文化的殉葬品。"张红兵痛痛快快劝了李墨海一通。

但是,他们之间的差距实在太大了,张红兵的劝说,李墨海根本没有听进去,李墨海只顺着他自己的思路说话:"书的事只要回去不说,不管给我扣什么罪名,你都恩比天高,就像是我的再生父母!"李墨海的口气软中带硬,丝毫没有示弱的意思。瞧着他那副认真而又凄惨的样子,张红兵心里又好气又好笑。一个比他大三十多岁的堂堂男子汉,就为了几本书,可以管他叫爹;追来追去,他那个可疑的继父竟然就是这一大堆旧书。真是天大的笑话!

不过,从那天起,李墨海就摆出一副任杀任剐的架式,任凭张红兵怎么劝都再不吭气。又是几天过去了,情况毫无进展,张红兵琢磨道:不能总在这里泡下去。我来的目的是什么?是查他的历史问题!既然拗不过他,而且这么一大堆书,真要带回去,也确实是个麻烦事,路又难走。于是,张红兵决定先打道回府,回去再说。

回程路上,两个人一前一后虽说只是相差几步远,但张红兵却觉得与李墨海之间好像远隔万里,尤其是上了火车后,李墨海两眼直愣愣地盯着窗外,一副死猪不怕开水烫的神情,天知道他心里在作什么打算。他的问题,现在看来,说来说去就是书,张红兵搞不明白,为了几本书,为什么李墨海非要搞得人不人、鬼不鬼的。难道学习班对他没有一点帮助一点触动?

车轮每一下有节奏的响声,都把张红兵的思绪又拉回到当年那个读书的年代。想想那些书，的确是诱人的东西，否则，张红兵当年也不至于会忍不住把书带到课堂上去看。他想起当年学校图书馆墙壁上那句醒目的名言：书是人类进步的阶梯。他心里不禁有点迷茫：如今把书都"革命"掉了，那么人类进步的阶梯又是什么呢？张红兵突然觉得心里空落落的。

回到学校，张红兵把李墨海交回学习班，他自己借口身体不好，足足在宿舍里关了三天。李墨海这个"继父"问题该怎么了结呢？原以为会搞出一个什么大案，可实际上历数他的罪行，一是旧书，二是旧脑袋瓜，够不上罪大恶极，充其量不过是旧文化的卫道士。想来想去，张红兵决定让李墨海在大庭广众之下自己交代"继父"问题。

高音喇叭把人们召唤到大礼堂时，学习班的牛鬼蛇神按惯例站在台上，背后是"坦白从宽、抗拒从严"的大标语。张红兵由于多日没在学校露面，所以上台以后非常引人注意。他回头望了一眼台前低头站着的那排人，李墨海的脑袋格外突出。张红兵清了清嗓子，宣布开会。

几个陪斗的人很快过了场，接着就轮到李墨海了。人们对他这些天的去向十分关注，全场鸦雀无声。只见李墨海不慌不忙地展开一厚摞稿纸，扶了扶鼻梁上架着的眼镜，说："首先，感谢领导和革命群众的关心和信任，给了我一个宝贵的机会，允许我回趟老家，看望病危的继父。"

什么？这家伙竟敢明目张胆地撒谎？

只听李墨海继续在往下交代："这次，要不是回去得及时，继父恐怕就已不在人世了。幸亏他体质好，虽然水灾很严重，但在乡亲们的精心照料下，还是挺过来了。其实，继父的事情早就应该交代，由于种种原因拖到今天，我心里非常内疚。我对不起大家，对不起党多年的教育，辜负了领导的信任,我一定要痛下决心,如实交代问题,老老实实改造自己。"李墨海说话不打一个"格愣",完全是一副胸有成竹的样子!"下面,我就把继父的问题原原本本向大家交代。我的继父出身于书香门第,从小喜欢读书……"

乖乖,他越往下扯越不着边际,但他编造的故事却使台下的人感到非常可信,他凭着深厚的文学素养,满脑袋瓜的词汇和课堂上练就的嘴皮子,足足使会场安静了两个多小时。

简直不可思议!李墨海的所谓认罪表演,使张红兵在台上的形象黯然失色。但人们尽管听得津津有味,到底有没有继父,是不是那么回事,最后还得听张红兵评判。可是,话该怎样说呢?望着台下黑压压的一片,张红兵清了几回嗓子,终于找到了话头:"这次外调,十分艰难,继父的问题是搞清李墨海的政治和历史问题的关键。"

这时候,全场一片肃静,台下几百双眼睛都注视着张红兵。张红兵脑子里急速地转开了:李墨海刚才这番交代,分明是铤而走险。如果对它全盘否定吧,他的政治生命就此完结;如果肯定它吧,那么当初这个问题是作为大案要案来抓的,现在什么都不是了,对大家总得有个交代。怎么说好呢?他沉吟着,突然也挥起了右手,用了一个政治家演讲时的下劈动作,说:"正像李墨海刚才说的那样,他不应该到现在才交代这个问题。事情只能隐瞒一时,不能隐瞒一世,既然有继父,就要正视这个问题。经实地调查,可以证实,李墨海的确有一个继父,之所以要隐瞒多年,是因为他的继父出身封建世袭家庭。由于对出身问题抱着不正确的看法,他的继父过早地退出了工作单位,在乡间几乎过着隐居的生活,现在年事已高,身体不好,又患了重病,这才暴露。任何人都不能决定自己的出身,但是任何人都必须对自己的一生负责。他这次回去,对继父问题处理得很好，没有简单了事，杜绝一切来往，而是既从思想上彻底划清界限，又从生活上热忱地进行关心帮助。所以，他的继父深受感动和教育，表示病好之后，一定要尽自己的微薄之力，为国家出力。李墨海在复杂的形势面前经受了一次真正的战火的考验，接受了一次庄严的战斗洗礼，充分体现了一个党教育多年的人民教师的高风亮节，这也是在学习班认真接受再教育的结果。所以我宣布：对李墨海的审查到此结束！"

台下响起一片热烈的掌声……

会终于散了，李墨海站着没动，久久不愿把头抬起来，他肯定没想到事情会有如此结局。其实，就是张红兵自己，事先也没打算作这样的了结，但是，既然话这么讲了，事情也就只能这么决定了。离开会场的时候，张红兵经过李墨海身边时，发现他腮边一滴晶莹的泪水滴落在衣襟上。他心里怦然一动，回到家里，便悄悄地把当初村支书写给他的那个材料销毁了……

(张　湃)

(题图：王申生)

太阳岛奇事

怪老头

在冰城哈尔滨市的太阳岛上,住着一位老人,熟悉点的都叫他"怪老头"。咋个"怪"法? 捞"干"的说,有这么几点:首先,他的来历怪。在太阳岛的小摊贩中,谁也说不清楚他是打哪来的? 啥时候来的? 他从前又是干啥的? 偶尔有人问到他家住哪里? 尊姓大名? 他总是微微一笑,淡淡答道:"山野村夫,四海为家,草木之人,谈何名姓。有交情的,叫我一声'老头'也就够了。"其次,他的买卖怪。旅游区,一般摊贩经营的都是些时髦小商品,而老头经营的,却是一盘鹌鹑串,一盆鹌鹑蛋,几块"黑列包"(哈市人称面包为"黑列包",是沿用当年俄国人的习惯叫法)。此外,更怪的是老头还会看病,什么跌打损伤、舒筋活血、歪脖斜嘴，甚至开肠豁肚、生儿育女等等怪病邪疾，他都能来两手。如果不看他小摊上卖的物品，你肯定会以为他是一位地地道道的浪迹天涯的江湖郎中。再次，他的生活怪，鳏孤一人，独来独往。他唯一的伴儿，就是一条鬈毛小黑狗，他唤它"黑子"。有人问他老伴哩？他摇摇头；有人问他子女哩？他还是摇摇头。据说，他有过老伴，也曾有过儿子，现在怎样了？也不得而知。

有这么一天，怪老头在摊上照例吃他的"黑列包"、鹌鹑串和鹌鹑蛋。吃着吃着，他直打嗝，而且噎得慌。一小块列包刚好咽下去半拉，噎得他就嗷嗷吐上来。他心里有数："八成是得了'怪'病！"第二天，他破例去了一次医院，一查，咳！果然是绝症——癌。医生劝他做手术，可是他冲医生抿嘴一乐，用手捋摸着白胡子，漫不经心地说："人生七十古来稀。咱都七十有三了，不仅是'稀'简直是'奇'了。人生一遭，来得自然，去得泰然，周而复始，处之坦然。"说罢，连医生给开的进口抗癌药他都没拿，抖着山羊胡子扬长而去。

自此以后，太阳岛的摊头上，不见了怪老头的人影。熟悉的人们互相议论："以往怪老头像一架老座钟，每天来去死钟点，不差分秒。摊贩们甚至习惯了拿他看时间。这些日子咋啦？怪！"

更怪的是，几天后，怪老头的小黑狗独个儿来了，嘴里还叼着一张纸，卧在老头平时摆摊的老地方，嗓子里哼哼咽咽低声哀号，注视着来往游人。不一会，围了一大堆看稀罕的。人们争先恐后地伸着脖颈看狗叼着的那张纸。越发怪了！那纸上还写着字哩——

征儿启事

　　老朽无儿无女鳏孤一人，因患绝症不久人世，欲征一干儿为后养老送终。后事遵遗书料理,全部遗产——尸体和狗归吾干儿所有。应征者持该启事,跟狗到白桦居面议。

怪老头

看了这张启事的内容,人们越发奇怪得不得了啦!世上有征兵、征工、征聘、征婚的,哪有征干儿子的?而且条件这么苛刻。谁吃饱撑的,没事找事,背个棺材囊子当干爹?继承一具尸体和一条狗?真乃空前绝后的咄咄怪事一桩!

这一怪闻顿时在太阳岛上传开了,很快又传遍了哈尔滨,而且多种见解共同探讨,彼此补充,相互磋议,深入揣摩,全面衡量。有的年轻人嗤之以鼻:"哼!当一阵干儿子,临了领一具尸体和一条狗?疯啦?谁当这号大傻蛋!"

大傻蛋

你别说,世上真有这号"大傻蛋"。

没多久,围观《启事》的人堆中挤进一个后生。大伙一见,嚯!又冒出人中一怪!瞧那模样:半脸纽子疤,半脸肉疙瘩,鼻子塌陷,嘴巴斜凹,半拉耳,耷拉眼,其丑无与伦比,胜过巴黎圣母院的敲钟汉卡西莫多!人们估摸这个丑小子的年纪在二十二、三岁。看样子,他识字有限,只凭听人们的议论,他又请身边的一名学生念了几遍那《启事》上的字,接着就一把扯起《启事》,拍了拍狗的脑门,跟着摇尾巴狗,直奔"白桦居"。

不管背后人们嘻嘻哈哈说长道短,"大傻蛋"跟着小黑狗一溜小跑来到了"白桦居",抬头一望:嘿!这哪是什么"白桦居",分明是一个架在树杈上的老鸦窝!就建在几棵一人多高的桦树杈上,用桦树棒钉搭着一个小木阁子。不过,虽说出人意料的简陋,可也真够奇特,别有一番让人说不上来的风味。

　　傻蛋没太理会这"白桦居"的奇特与简陋,跟着狗"噔噔噔"跑上架在木屋门口的木梯,进屋再瞅,"哦!"一位满头白发、蓬头垢面的枯瘦、抽巴老头直挺挺地躺在一张用桦树棒支架的平板铺上,闭目而卧,像死人一样。傻蛋"腾腾"几步奔到老头面前,大声喊:"干爹、干爹!"过了片刻,老头慢慢睁开眼,傻蛋俯下身去又轻声叫了几声"干爹"。老头细瞅,见是摊上经常帮他忙的小贩、"丑八怪"傻小子,就微微点头招呼傻蛋把耳朵靠近他的嘴巴:"傻小子,你不后悔?""干儿自小孤苦一人,受尽人家欺辱。自打和您老相识,俺早就把您看作俺的长辈了。这会儿能正儿八经认您作干爹,俺总算有了亲人,高兴还来不及哩,哪来的'后悔'!""那……咬破自己的食指,在《启事》上摁个手印。"傻蛋毫不犹豫,"咯噌"一下把自己的右手食指咬出个大口子,见鲜血涌出。就在那张《启事》上端端正正摁了个大血指印,递到老头眼前:"爹,你看。"怪老头满意地点了点头,嘴角露出了欣慰的笑意。这时,傻蛋"扑通"一声跪在地板上,冲着怪老头"嘣"磕了一个响头,叫道:"爹——!干儿没啥见面礼送您老,给你磕个头吧!""儿——!爹的好儿……"

　　岂料,怪老头这么一激动,竟大口大口吐起了鲜血。这下可把傻蛋真急傻了。怪老头睁着混浊的眼睛,紧紧盯住傻蛋的丑脸,似乎还想说点啥,然而啥也没能说出来,只是吃力地把身边一个空葫芦塞到傻蛋的手里,嘴里微微翕动了两下,脑袋一歪,便咽气了。

　　傻蛋悲痛欲绝。他万万也没有想到,自己刚刚认了干爹,干爹就与世长辞离开了自己。他一只手呆呆地握着干爹枯树根子般的手,一只手抓着干爹临终前塞给自己的这个空葫芦，心里嘀咕："难道这空葫芦内有啥的秘密？"他拿到耳边摇了摇。听见里面发出响声，对着葫芦嘴往里瞄，好像还有啥玩艺儿。口朝下使劲一拍葫芦屁股，"哨"掉出一截小竹管。他从地上拣起一根草棍，从竹管内捅出一个小纸卷，展开纸卷，就见上面写着密密麻麻的小字。这可难坏了傻蛋，他自小到处流浪，后来，被熊瞎子舔了脸，连人都不敢见，更谈不上念书了，所以斗大的字不识半口袋，只马马虎虎认得其中一个"书"字。他连猜带蒙，估摸着那上面的二字一准是"遗书"了。他心里一亮：干爹的《启事》上不是提到"遗书"吗！拿到了遗书，就好办了。因为干爹《启事》上已经交代清楚："后事遵遗书料理。"自己只要按这遗书上说的去办，就能了却干爹的遗愿，也就算尽了干儿的一份孝心。说干就干！他嘴里磨叨着，用床单把干爹的尸首裹了个严严实实，在黑子脑门上轻轻拍了拍，嘱咐它好生看守。自己揣着遗书快步朝江滩跑去。

邪遗书

笨人有笨人的法子，傻蛋有傻蛋的点子。普及法制教育时，傻蛋也隔二间三地懂得了一些法律常识。民法上说过，有了大事，可以到公证处作个公证，这样就有了说公道话、给人做主的地方。所以，他这次没再去找学生或其他识字的看遗书，而是直接跑到城里的公证处。公证处的人读了"遗书"，也不禁瞠目结舌，惊诧不已：世上哪有这么邪乎的"遗书"——

遗书

老朽谢世，愿吾义儿务必将遗体和狗一并送医学院，在吾义儿亲自监督下进行解剖，供作研究。后将遗骨制成标本献给医学事业，身内外其余物件概由吾义儿全权受理，任何人不得干预。

立书人：怪老头

公证处和医学院的人都被怪老头这种摒弃世俗观念、献身医学事业的无私精神深深感动，都表示竭尽全力协助傻蛋完成他干爹托付给他的遗愿。

解剖室内充满了福尔马林的味道和紧张肃穆的气氛。解剖人员全神贯注地操作着解剖的刀具。傻蛋战战兢兢地不敢正视。当他从捂着眼睛的手指缝缝瞄见"嗤"地一刀划开肚皮时，他吓得倒吸一口冷气，胯下一紧张，尿了一裤裆。

忽然，解剖人员发现怪老头的大腿内侧有一块硬肿块，便小心翼翼地进行剥离。只听"当"的一响，一块闪亮的东西掉在了解剖台上。在场的所有人员都惊呆了：原来，被剥离下来的并非什么"肿块"，竟是一颗硕大无比、足足有30克拉的光彩夺目的猫眼宝石！解剖人员怀着激动的奇特心情，将宝石交给傻蛋。傻蛋手捧猫眼不知是啥玩艺儿，更不明白干爹的腿上咋就会长出这么一块好看的石子？他心里又想：难怪人们都叫干爹"怪老头"呢，就连身上都能长出这玩艺儿！可是，当他听说这玩艺儿价值连城，是"无价之宝"的时候，不知是惊还是喜，他竟愣在那儿，真傻了。

解剖人员又逐一细心地解剖了怪老头的其他部位，再也没有发现其他异物。可是，当解剖狗的时候，又从狗的腋窝皮下剥离出一颗足有20克拉的祖母绿宝石。

剖完毕，人们方才领悟出怪老头"征儿"怪事的良苦用心。怪老头的"遗书"真够邪乎的!

傻蛋怀揣两颗宝石，奔跑着回到"白桦居"。他收拾好木屋，自己找了一些食物胡乱填饱肚子。熬了几天几夜的傻蛋，终于一沾枕头，便呼呼酣睡起来。工夫不大，一头熊瞎子扑在他身上，又舔又抓，吓得他想喊又喊不出声，想跑也迈不开腿，急出一身躁汗，眼盯着熊瞎子那血红的大舌头就要朝他的脸上舔来，吓得他使出浑身的力气，发出一声长吼:"啊——!"

时髦女

一声长吼，把傻蛋从恶梦中吓醒，睁眼一看，他惊呆了:熊瞎子咋变成了一位时髦女郎? 难道还在梦中?他拼命地推那女郎——啊哟乖乖!当真是一位天仙般的活脱脱的时髦女郎!傻蛋慌得一骨碌爬起，揉清楚眼睛，细瞅，那女郎正朝他频频微笑呢。"哟!睡得好香呀!一个人睡，不嫌寂寞吗?"说话间，时髦女郎笑眯眯地用粉臂勾住傻蛋的脖子又要搬他躺下，"用不用我来陪陪?""你、你是什么人?闯进俺这干啥!""哟!堂堂男子汉连这么点常识都不懂么? 别紧张，来呀……""去、去、去。你若不快离开，俺可要喊人啦!""哟!急啥呀!我还没喊你劫持强奸我呢!嘻嘻……"

傻蛋一听这话，顿时愣住了，这女人真要是耍起赖来，俺光棍一根，就是浑身长满嘴恐怕也说不清楚呀!他左思右想没了主心骨。那女郎莞尔一笑，又贴了上来，用纤手搭住傻蛋的肩膀，黏乎乎地说:"瞧你，傻冒一个，难怪打光棍哩，送上门来的便宜货都不敢沾，要不人家就叫你

'大傻蛋'呢!"傻蛋硬是摆脱开时髦女郎的纠缠,"嗖"一下蹿到地板上,气呼呼地说:"干脆点说,你究竟想干啥吧!""我呀……嘻嘻!"女郎又逼近傻蛋嬉皮笑脸地说,"干吗老躲哇?我又不是熊瞎子。"接着,她眉梢一挑,笑吟吟地说,"做你的'压寨夫人'不好吗?""你把俺当成啥人啦?俺又不是占山为王的红胡子!"傻蛋被缠得没法,一屁股跌在一个木墩子上,口气缓和了一下说,"再说,俺身无分文,两膀头扛一张嘴,喝西北风还没人给刮哩,哪供得起你这么个大美人!""啧啧啧,瞧你多会说,人家都叫你傻蛋,其实你一点也不傻呀。广播、电视不都报道你得了两颗宝石吗!还骗我?"

　　傻蛋一听"宝石",心里刷一下亮了:"噢——闹腾半天,她是冲宝石来了!"傻人也有几个傻心眼,只是肠子曲溜拐弯少。这时,他知道了时髦女郎的来意,心里有了底,反倒冷静多了。他用眼角扫了一下女郎,装作十分为难的样子说:"那两块宝石,俺干爹可有言在先,由俺全权授理,任何人不得干预。可那么贵重的东西,就是俺也不敢随便动哇!说老实话吧,你就是钻进俺被窝跟俺睡一觉,俺也不能碰那玩艺儿一指头。俺劝你还是趁早死了这条心吧!""瞧你,傻样又来了不是!那玩艺说是值几个钱,可是窝在家里也不过是一块好看的石子,不如拿出去换它一笔钱多合算呀!""咱没那本事。""嗳!"

　　这时,时髦女郎突然眉梢一挑,睫毛扑闪扑闪,凑近傻蛋的脸边诡谲地说:"我倒有条路子。我有个姑父在香港,是一家大公司的经理。我可以托他把宝石拿到外面出手,比在国内多卖好多好多的钱哩!要美钞要黄鱼任你挑。""那……"傻蛋不懂啥叫"美钞"、"黄鱼",估摸准是一大笔吧。他挠挠头皮,脑子一转,心想:"看来,不打发走这女人,自己今天就寸步难行了。嚷嚷出去,又说不明白,不如先打发走她再打主意。"于是，他故意停了一阵，假装想了想，然后认真地说："这可不是说说嘴闹着玩的。俺好好想想再说，咋样？"

女郎暗想，底码总算摸着，第一步目的已经达到，反正这傻家伙也没别的能耐，如果硬逼，他的傻劲上来，反倒容易闹砸。不如先顺水推舟来个欲擒先纵，再走第二步。主意已定，她那弯弯柳眉儿又是那么一挑，用眼角撩着傻蛋，扭动腰肢靠到傻蛋身边，抓住他的手，嗲声嗲气地说："哎，我也全都是为你好啊。你想想，用这笔钱娶一位漂亮媳妇，买一套高级住宅，搞一桩大买卖，然后……"她故意顿了顿，偷看傻蛋的反应，而后接下去说，"那人们可不敢再嫌你丑，说你傻啦。你可别把人的菩萨心当成驴肝肺啊！我等着你……拜拜！"说毕，时髦女郎在傻蛋的纽疤脸上"噗"闪电般吮了一口，嫣然一笑，扭动蛇腰，"哒、哒、哒"下了木梯。

傻蛋长出一口气，他坐卧不安，把那两颗"价值连城"的宝石从隐藏的地方悄悄掏出来，手中死死攥住，觉得藏到哪儿都不放心。他不知道干爹咋就把宝石藏在了自己的肉里。他真想把自个儿的大腿也豁个口子，把宝石也藏进去，走哪带哪，那多放心！可自己没那本事啊……思谋再三，还是老办法，把宝石藏进贴肉裤衩内的带拉锁小口袋里，待明天再想更好的主意。

一眨眼，天就像扣了口大锅似的全黑了下来。傻蛋胡乱啃了几口列包，也就迷糊了。这次他可不敢再睡死了，他似睡非睡，似醒非醒地闭住眼迷糊着。时间不长，忽听木梯发出"嘎吱、嘎吱"的响动。他心头一紧，想：准又有"送上门"的光顾来了！他下意识地伸手摸了摸裤衩内的小袋，一个鲤鱼打挺从铺上蹦起。突然，一道明晃晃的光柱把他罩住。他心中一惊，还来不及张嘴，一把闪着寒光的尖刀已经顶住了胸口。

凶杀手

傻人也有二两傻大胆,到这一步,他反倒镇静下来,心里鼓捣:准是又奔宝石来的。他不由自主地又摸了摸裤衩口袋,嘿嘿一笑,冲淡紧张的空气,用手托住那只握刀的手,尽力心平气静地说:"哥儿们,有话好商量嘛,何必费这劲。"

对方压低嗓音恶狠狠地说:"你人长得丑,心倒想得美,竟敢光天化日之下劫持、强奸我的未婚妻,该当何罪?!"

"那、那、那……那是她送上门来……"傻蛋话还没说完,那人以不容置辩的口气打断说:"那也是'诱奸'!""不、不、不是……是,是……"傻蛋一时语塞。

"你少在那说话吞吞吐吐,作贼心虚。现在人证、物证俱在,你说咋办吧!"来人说着抻出一团东西,抖开,一声冷笑,接着说:"瞧,这上面还留有我未婚妻的血。铁证如山,送你上法院,即使不吃枪子,少判也得15年,蹲着去吧!"傻瓜一看,懵了:正是现在自己铺的那条干爹留下的床单,上面真有一片一片花花点点的东西。真不知这是咋鼓捣的?

来人见傻蛋失去了招架,口气略为缓和连逼带诱地说:"我看呀,事情既然已经闹到这步田地,为了成全你,也为了顾全她的名誉,你只要答应一个条件,咱们一笔勾销,各走各的路,既往不咎。""啥条件?""交出宝石!""那可不行。""一人一颗。""那也不行。""和你小子说实话吧,老子才是怪老头的亲儿子呢,理当享有继承权!""俺有摁了血手印的《启事》,还有干爹的《遗书》!""啥'启事'、'遗书',统统是擦屁股纸。老子血管里还流着老头子的血哩!你这冒牌货,野杂种!""你、你、你放狗屁!干爹从来没说过还有你这么个强盗儿子。""你再要是跟爷胡搅蛮缠，爷先叫你放点血，清醒清醒！""爷他妈熊瞎子害眼——豁出去啦！"

傻蛋被来人刚才的恶语刺痛疮疤，一时冲动忘记了胸口的刀子，甩手一扒拉，让转刀子，飞起一脚踢跑手电，顺势一滚翻到铺下，乘机掏出宝石放进嘴里。

谁知那家伙也非酒囊饭袋，很快反应过来，一勾脚，将傻蛋绊倒在地，紧跟一个骑马蹲裆，把傻蛋骑在胯下，又用刀尖抵住咽喉，气急败坏地喝道："说，宝石在哪！"

傻蛋紧闭嘴巴，"呜呜"支架着。"嘴里含着啥？"那家伙察觉傻蛋口出有物，不用问，定是宝石。他紧逼不舍，用手捏住傻蛋的腮帮子，伸指去掏。傻蛋急中生智使劲一咬，就听"啊呀"一声惨叫，那家伙跌出去老远，疼得在地板上又甩胳膊又跺脚。傻蛋乘机将两颗宝石连半截手指一咕噜咽进肚里，然后才张大嘴巴说："看呀——舌头！"

那家伙狗急跳墙，忍住疼痛又扑上去，一把揪住傻蛋的衣襟，瞪大血滋滋的眼珠子，恶狠狠地说："你这野杂种，竟然把宝石咽肚啦！这可别怪老子心狠手辣，先给你来个透心凉，剜出宝石，也让你小子凉快儿凉快儿！"话音未了，"哧啦"一刀，挑破傻蛋的衬衣，露出有几道疤痕的胸膛。

傻蛋心里"咯噔"一下："这回可要玩儿完了。自己死倒没啥，干爹的一片苦心就全毁了。刹那间，不由得一身冷战，尿水又冒出一裤裆。他哪还顾得这，只顾闭紧眼，憋足气，等着那"哧"的一刀子。

杀手见傻蛋一派视死如归的架势，骂道："你他妈王八吃秤砣——铁心啦？那老子就成全你！"说罢，他一挽袖子，一咬牙帮，冲着傻蛋那忽扇忽扇鼓动着的肚皮猛刺下去，就听"啊——！"一声惨叫……

歪点子

且说正在千钧一发之际,忽然蹿上几条人影。为首的一扬手臂,一道白光直射杀手的手心。随着"啊"的一声惨叫,那杀手仰面朝天倒在地上。杀手双手血污累累,嗷嗷嚎叫。这时,三条壮汉立于人前,傻蛋已经吓昏过去。三条壮汉先将傻蛋背下屋去,又将杀手作了简单的包扎处理,也拖下木梯。

杀手被塞进警车,一抬头瞅见了"未婚妻",一下瘫了。

原来,公证处的同志感到怪老头征儿、剖身、遗宝、献骨这一连串事件,乍看离奇古怪,细想恐非一般,怕是有更深的用意,并不是那么简单。为防万一,他们与公安局取得联系,请他们协同处理这件古怪的事件。公安局刑侦科为确保傻蛋和宝石的安全,派了三名艺高识广精明强干的侦察员,立即赶往"白桦居",以便进行暗中监护。不出所料,正好赶上刚才那场殊死搏斗,及时制止了一场凶杀。

经初步审讯和查证,证实杀手确实是怪老头的亲生儿子言顺,时髦女郎正是这小子的妻子花蕊。不过,他是20年前"文革"中与老头离了婚的老婆带走的"儿子"言顺。言顺得知傻蛋认父得宝的消息后,便与妻子密谋,合演了那场先诱惑哄骗,后敲诈勒索,最后铤而走险行凶杀人夺宝的"连台戏"。

经公证处会同司法部门裁定:言顺和花蕊狼狈为奸,不择手段,诬陷、诈骗进而行凶杀人,已触犯刑法,应交司法机关依法处理。傻蛋是两颗宝石的合法继承人。傻蛋听后,却皱着眉头对公证处人员说:"宝石没了。"公证处的人一听,以为又乱中出了什么差错,大吃一惊,忙问:"宝石哪去了?"傻蛋用指头戳戳自己鼓鼓的肚皮,苦笑着说:"在这儿。"

对方莫名其妙。经傻蛋头上一言脚上一语，一五一十这么一诉说，公证人员方才恍然大悟，都交口称赞傻蛋机智勇敢和随机应变的本事。傻蛋平生第一次听到人家赞扬自个"聪明"，越发上来傻劲，激动不已地拍拍肚皮说："干脆，把俺也解剖了吧，好取出宝石。要不，变成了一泡臭巴巴，屙到茅坑里，俺干爹多半辈子的心血，不泡了汤！"

动手术吧，又太难为了傻蛋，大伙都为难了。忽然，傻蛋一捶脑袋，一跺脚板，喜得一蹦十高高，嚷着说："有了！有了！"话音未落，他一调屁股，给人们甩下半句话："三天以后……颠丫子啦！"弄得人们丈二金刚摸不着头脑，面面相觑，不知道傻蛋又冒出啥歪点子。

傻蛋说到做到，第四天头上，又跑到公证处。公证处人员一见他，都怔住了。三天时间，这傻小子瘦了三圈，他那本来就丑陋的面容，加上消瘦，更显得丑陋不堪。

人们惊诧未定，只见傻蛋从怀里掏出一个小葫芦，拧下葫芦塞，"哨啷"倒出两颗光彩夺目的石子，"啊！——宝石！！"大伙异口同声地围了上去，急切地问："咋取出来的？"傻蛋手舞足蹈、绘声绘色地讲开了："其实呀，说起来特简单——回到家，吃了一把巴豆面儿，塞进两把生韭菜，灌下三碗冷凉水。半夜，肚子那么咕噜咕噜一叫唤，肠肠肚肚那么一抽筋儿……嘿！屁眼一乍，哗——！那么一蹚稀……你猜咋的？两颗宝石裹在韭菜蛋蛋里，争着抢着就跑出来啦，比鹌鹑下蛋还痛快哩！"

大家听了傻蛋说的，都前仰后合乐出了眼泪，又是好笑，又是怜爱，又是叹服，众星捧月似的把傻蛋围在中间，有的使劲拍他的肚皮，有的轻轻抚摸他的脸颊，仿佛那张丑陋的脸，一下子变得好看了。

傻蛋反被弄得不好意思起来。他坚持要把宝石交给公证处，免得再出什么差错。公证处同志劝他暂且妥善保管，代他做了财物保险，并交给他一个有电子防盗安全装置的小型保险盒，教给他使用的方法，嘱咐他把宝石放在里面，找一个安全的地方藏起来，没有必要，别老去看，这才把傻蛋劝说回去。

白骨恋

　　傻蛋得到宝石，好不得意。这些日子，他就像吃了喜鹊屁，成天喜滋滋的，连走起路来都屁颠屁颠的。

　　这天收摊回来，他经不住那两颗美妙的宝石的诱惑，钻进木屋，偷偷取出宝石，独自玩赏起来。忽听得木梯又响起"嘎吱、嘎吱"的声音。他浑身一抖擞，心想：是不是又有坏蛋抢宝石来了？他赶忙把宝石藏到裤衩的暗兜内，手提一根木棒躲在门后，做好迎敌的准备。

　　随着"嘎吱"声的临近，屋门"吱哑"开了，随即闪进一个身影，傻蛋举起木棒就要往下砸，可是木棒在半空又停住了，原来，他看清进来的是一个蓬头垢面、佝背偻腰、皱皱巴巴的老太婆。看样子，别说用木棒，就是吹一口气都能把她吹倒。傻蛋一怔，收起了木棒，厉声喝道："干啥的？不吱声就进俺木屋！"那老太婆像是没听见，颤颤巍巍地走到傻蛋的跟前"扑通"跪倒在傻蛋的脚前，颤抖着声音说："后生，俺不是坏女人。俺一路跟你来，只求一件事。""别、别、别，起来，起来。"别看傻蛋刀子顶住胸口眼都不眨一下，可是一见弱不经风的老太婆可怜巴巴跪倒在自己面前，顿时，他就六神跑了五神，剩下一神也慌了，刚才的警觉早已丢掉了大半。他连忙把老太婆扶起，搀进屋内让了座，说："有啥事，进屋慢慢说。""俺瞅一眼宝石。"听到"宝石"二字，"刷"一下，傻蛋浑身的汗毛都直棱起来，又提高了警惕。老太婆似乎并不理会傻蛋的惊诧，独自抠抠索索从裤腰内摸出一个蓝花布包，哆哆嗦嗦地打开一层蓝花布，又露出一个小黄布包，解开黄布包，托出两件金光灿灿的东西——一根赤金项链，一只赤金戒指，她睁大混浊的眼睛，瞅着傻蛋说："那两块宝石，原先是镶在这上面的。""啥？啥呀？"傻蛋一听，懵了。这时，老太婆把那两件金首饰放在桌上，混浊的眼窝内满含着泪水说："唉，事到如今，俺也不怕你后生家笑话了。俺就是20年前跟你干爹离了婚的兰花花呀！"傻蛋一听这话，更像坠入云雾山中，晕头转向了。他讷讷地说："那……您……？""唉，都怨那土匪儿子，也怪俺眼窝浅哟！"老太婆向傻蛋打开了封闭多年的话匣子……

那时候，怪老头言维珍被打成了"牛鬼蛇神"关进"牛棚"。兰花花吃架不住政治上的压力和当"红小兵"的儿子言红兵（那时言顺为了和牛鬼蛇神父亲"划清界限"，改名为言红兵。）"造老子反"的百般逼迫，含泪喋血跟言维珍"一刀两断"离了婚。言维珍孤身一人夹着一卷行李，领着一条狗奔西面而去，当上了江湖郎中；兰花花带着家中细软，跟着儿子朝东而行，真正做到了"各奔东西"。临别前，言维珍背地里给兰花花一个蓝花小布包，嘱咐她好生藏好，日后自有用场。半路上，兰花花偷偷打开布包，见是一条祖传的金石项链和自己的一枚订婚戒指，奇怪的是，镶在上面的两块宝石都不见了。前不久，她听说太阳岛上有个傻蛋从一个老头身上得到了两块稀世珍宝。兰花花无意中向儿子透露出当年的一些秘密。于是，狡诈成性的言顺背着母亲和妻子密谋，萌生了"探宝"，进而"骗宝""诈宝""夺宝"的狼子野心。没料到，宝石没有夺成，他们却双双锒铛入狱。噩耗传来，饱受风霜之苦的兰花花，悔恨交加，几乎哭瞎了双眼。她再也经不住这种沉重的打击和良心的谴责了，终于踏上了太阳岛，找到了傻蛋……

听了老太婆如诉如泣的述说，傻蛋也勾起了自个的心病，不由得对老太婆产生了怜悯之情。他取出那两颗宝石，分别嵌镶在项链和戒指上，嗬！真的珠联璧合，顿时满屋生辉。这时候，老太婆热泪盈眶地恳求说："孩子，这些宝物全留给你吧。俺就有一个请求。""您老吩咐。""带俺去看看你干爹的尸骨吧。""中！"

这一夜，傻蛋为老太婆做了一顿丰盛的晚餐，老太婆在"白桦居"睡了一宵，和傻蛋彻夜畅谈，亲若母子。次日黎明，这"母子"二人同去祭奠怪老头的亡灵。当老太婆跨进标本室，望见了言维珍那具嶙嶙白骨时，"哇"的一声扑上去，抱住白骨就泪水涟涟地放声恸哭起来。她用枯根一般的手指逐根抚摩着一根根白骨，泣不成声地断断续续地说："维……珍……俺对不住你呀！……"傻蛋也熬红着眼窝，直勾勾盯着干爹那骷髅上两个黑眼窟窿，失声哭着说："干爹，您老睁大眼睛瞅瞅，谁来看您来啦！"突然，他若有所悟地掏出蓝花布包，取出猫眼金项链，挂在了白骨的颈椎上。老太婆满意地点了点头。傻蛋再仰望干爹的头颅，见干爹也歪龇着牙乐呢！

老太婆从蓝布包内取出那枚祖母绿金戒指，颤巍巍地戴在了傻蛋指上。此时，满屋生辉。猫眼宝石迸射出璀灿瑰丽的奇异光彩！

(韩德贵)
(题图：张思卫)

众生·变形记
zhongsheng bianxingji

人总会变,单纯而不幼稚或许是这蜕变的理想状态。最怕的是,一旦长大,我们就变成了自己当初最讨厌的那种人。

出乎意料

汉克最大的愿望就是使自己成为一个百万富翁,为此,他计划去抢劫银行。出于保险起见,汉克把全国所有有关银行抢劫的新闻报道都收集起来,作了精心研究,最后得出的结论是:百分之九十九的银行抢劫犯之所以失败,关键在于退路上。

于是汉克开始行动了。他天天去西部银行职员光顾的约翰酒吧坐坐,通过他们的闲聊,打听银行内部情况。一个星期以后,一个完整的抢劫计划在汉克头脑中形成了。他决定先用枪威胁出纳员把钱装进提包,然后在大厅里投掷一枚烟幕弹,趁混乱之机先装着跑向大门,再闪进右侧厕所,把面罩和提包外面的伪装扔进马桶内抽掉,然后泰然自若地提着钱包去另一厅办存钱手续。此时,人们的注意力一定还集中在出纳员那儿，为刚刚发生的事情惊魂不定，谁也不会料到这个抢钱人居然没有逃跑，还会把抢来的钱存入银行。

汉克为自己的抢劫计划暗暗得意。圣诞节前夕的这天上午，汉克做了三次深呼吸后戴上面罩冲进了西部银行。他用平静的声音客气地对出纳员说："我要纸币，不要硬币。"说着，将套了伪装袋的手提包从大理石柜台上推了进去。出纳员愣了一下，抬起头，突然发现一支乌黑的手枪正对着自己的脑袋，他的脸色一下变得苍白，只好乖乖地把钱往提包里装。汉克接过装满纸币的手提包后，急忙扔出烟幕弹。顿时，银行陷入一片混乱，警报随即响了起来。汉克知道，再过两分钟，警察就要赶到了，便急忙朝大门方向奔去，很快消失在厕所门前。

厕所里空无一人。"好极了！"汉克轻轻地叫了一声，他拧动单间门上的手柄，想把面罩、伪装袋扔进里面的抽水马桶里，可是出乎意料的是，门推不开。他跳起来，又急忙拧动其他门上的手柄，可还是无济于事……见鬼！他急出了一身冷汗。直到这时，他才发现每个门上都写着这么一句："请投进10美分。"糟糕，此时汉克手上提着装了三百多张10万美元的纸币，除此而外什么也没有。

"先生，在警察局上厕所是免费的。"一个声音在他背后响起，接着"咔嚓"一声，一名警察给他戴上了手铐，另一名从他手中拿走了提包。

汉克还是失败了。

（潘　容　刘剑明　编译）
（题图：李　加）

瓮中捉鳖

有个小偷，东偷西偷，连连得手，很快由穷变富。他有了钱便到城里买了一套商品房，带了老婆、儿子，一家三口住进了两室一厅的新房子，过起了城里人的生活。

当然，他还是干他的老本行，但又觉得"工作"难以开展，因为城里比乡下复杂，那一个个住宅小区就像个迷宫，一幢幢的高楼看上去都差不多模样，而且路一样，楼梯一样，门也一样，进去后两下一转就分不出东南西北，好几次他出门后差点找不到自己的家。更麻烦的是，家家户户都装了防盗门和防盗窗，一看就知道防范严密，他哪敢轻易下手。

可是，很快他就明白了，许多防盗门不过是装装门面、吓唬吓唬胆小鬼的玩意儿，因为他用自家的钥匙就开过三户人家的防盗门。这使他信心倍增，决心大干一场。

这天晚上,他跑了好几个住宅小区,都没找到下手的机会,不免心里有点着急,时近半夜,他到路边摊上叫了两个菜,喝了一斤白酒,然后晕乎乎地来到一个住宅区。抬头一望,除了少数人家还亮着灯外,周围一片漆黑,他借着酒胆,钻进了一个楼梯,来到二楼,侧耳一听,毫无声息,便摸出自己的钥匙一试,果然又轻而易举地把门打开了。

他进了屋,关上门,屋里黑古隆冬,什么也看不清,只听见从卧室里传出一阵阵呼噜声。他知道主人已进入梦乡,屏声息气站了会儿,睁大眼睛一看,首先映入眼帘的是墙边的暖气片。这使他想起了自己的妻子,老喜欢把钱塞在暖气片和墙壁之间的夹缝里,这家女主人是不是也有这种古怪的习惯?他想到这里,便蹑手蹑脚地来到暖气片旁边,伸手一摸,果然掏出一个纸包,抖开一看,哈哈,真是一大叠人民币!

这下小偷乐了,转身又朝挂在墙上的那个镜框走去。因为镜框使他想起了自己老婆的另一个习惯:每天早晨对着镜框梳妆打扮,随后戴上金银首饰;每晚睡觉之前,便将金银首饰摘下,藏进镜框后面。他想:假如这家女主人也跟自己老婆同样的话,那就用不着翻箱倒柜,便可满载而归了。他想到这里便将手伸进了镜框的后边,哪里知道,金银首饰倒没摸到,镜框却掉了下来,只听"哐啷"一声,砸得粉碎。

在这夜深人静的时候,那镜框落地的响声,简直赛过地震,当即把这家主人惊醒了。主人是个女人,长得五大三粗,而且大胆泼辣,她被响声惊醒后,一骨碌从床上跃起,连鞋子都来不及穿,便冲出了卧室。

小偷知道大事不妙,急忙拉门,想夺路而逃,不想越急越误事,找错了方向,一头钻进了卫生间里。他正想转身出来,可是卫生间的门已被女主人锁住了。女主人跑到门口大喊:"快来人哪!抓小偷呀⋯⋯"

她一喊,惊动了左邻右舍,纷纷赶来增援。大伙一问,知道小偷被关在卫生间里,都很高兴,有人还说:"好,这叫瓮中捉鳖,逃不了啦!"可是人们知道,瓮中的鳖是会咬人的,所以谁也不敢去开门。

情急之中,有人想到了"110",急忙拨通电话,向公安部门报了案。

3分钟后,公安民警赶到了。他们打开卫生间的门,喊道:"快出来,你逃不了了!"奇怪,没有一点动静。开亮电灯一看,只见小偷直挺挺躺在地上,已经晕过去了。民警上去一搜,没有武器,只搜到了一大包钞票。问女主人是否丢了钱,女主人急忙到暖气片后面去摸。一摸,就大叫起来:"哎呀,五千多块钱没啦!这个该死的贼,真有本事,连藏在这里的钱都能被他找到,莫不是他长着一双贼眼?"

她拨开人群,挤进卫生间,想看看这小偷究竟长得啥模样。一看,不觉大吃一惊,叫道:"天哪!你要花钱就跟我说嘛,为啥要……"她"偷"字没出口,便扑倒在小偷身上,号啕大哭起来。

小偷被她这一哭,醒过来了,一个跟头坐了起来,一把推开女人,骂道:"我又没死,你哭个屁!"

这时,他们的儿子也被吵醒了,跑进卫生间,问道:"爸爸,妈妈,你们在干什么呀?"

邻居们一切都明白了,觉得又好气又好笑,有人说:"这玩笑开得也太过火了,两个神经病!"

一个民警严肃地说:"这是开玩笑吗?不,玩笑后面大有文章。"另一个民警对小偷说:"起来,跟我们到局里走一趟。"

小偷被带走了。

(吴文昶 讲述)

(题图:谭海彦)

我是你老子

牛德生当上局长后，就很少下乡看望父母大人了，二老也难得到儿子家住住。两地有七八十里路，平常联系也不方便，一旦碰到急事情，老人就得赶五六里的路，跑到镇上打电话。

这天早上八点多钟，牛局长刚到办公室坐下，这边电话就响了，女秘书赶紧拿起话筒，只听对方说道："麻烦你，请牛娃接电话！"电话是牛局长父亲打来的，老伴昨夜去世，他特地起了个大早赶到镇上打电话通知儿子，由于家里没人接，他就把电话打到儿子办公室来了。女秘书愣了片刻，说："我们这里没这人！""啪"地将电话搁下了。

牛局长父亲不禁纳闷起来：儿子不是一局之长吗，怎么会没有这个人？他想，老伴去世了，是件大事情，做儿子的不知道不行啊！他着起急来，习惯地摸起后脑勺，突然，他灵光一现：现在单位里不都作兴称官职吗? 不妨找"牛局长"试试,提起电话又拨了一次,"请问牛局长在不在?"老人故意把声音拖得很慢。"等一下,我看看。"女秘书放下电话,就去给牛局长传电话。牛局长一听是找"牛局长"的,以为又是拉广告一类的麻烦事,于是就对女秘书说:"就说我在开会!"女秘书于是回了句"牛局长在开会",就把电话挂断了。

牛局长父亲当然不知道儿子为何不接电话,只好等了一会儿又将电话拨过去,接电话的仍是那个女的:"请找牛德生接电话!"这回牛局长父亲换了一种口吻,相信这下儿子该接电话了吧!女秘书听了这种口气,知道这人肯定和局长关系不一般,赶紧过去传话,牛局长一听是找"牛德生",认为不是同学就是亲戚求他帮忙,赶紧将手一摆,非常干脆地说:"就说我不在。"女秘书明白局长的意思,过来搪塞几下,又挂机了。

牛局长父亲这下肺都给气炸了:刚才明明还在,怎么一会儿又说不在,狗日的还给老子玩花样? 他这时倒不急了,憋着性子,分析儿子不接电话的原因,想下一步该如何让儿子接电话,忽然他想起以前在儿子家里看到的一个镜头,不觉计上心头,重新将电话拨过去,接电话的还是那个女的:"喂,请叫小牛接电话!"

女秘书一听语气,马上就跑到局长身边,牛局长一听是找"小牛",立即放下手中的工作,三步并作两步,走到电话旁,恭恭敬敬地拿起话筒:"喂,请问是哪位领导……"

话未讲完,话筒那边就传来老父的咆哮声:"领导个屁! 龟儿子,我是你老子,你娘昨晚死了!"

(郭　炜)
(题图:李　加)

郑屠杀羊

杀羊并不是什么怪事,怪就怪在郑家父子的杀法与众不同,杀出了水平,杀出了钱财,也杀出了意想不到的结局……

郑屠父子是这一带出名的杀羊专业户,虽没成为大富户,可是小日子过得也挺好。这些年来,郑屠看到有的人不明不白地成了暴发户,心里很不服气。这天,他去看望一个杀牛的朋友,正碰上这人往活牛身上打水,不由得心活了。他向朋友借了一副针管,回家后和儿子做起了试验:把羊捆住四蹄,用针管往羊的屁股、大腿、前胸等肉厚的地方打水,直打得羊哭天喊地叫哑了嗓子。起初,他看到羊活受罪心里有点不忍,可是到了集市上,他那打过水的羊肉卖得特别快,那鲜嫩的玫瑰色引得赶集的人纷纷掏钱,而且一只羊打上几斤水,便可以多卖几十元钱,一天如果卖掉五六只羊,不就可以多赚几百元钱?一年算下来就是好几万哪!郑屠这样一算,那心里别提有多高兴,连羊的嚎叫声也变得好听了。

这天半夜,郑屠正睡得香,突然被羊的嚎叫声惊醒,他跳起来,慌慌地跑到院子里,只见月光下,他的儿子小郑屠正在忙活着,已将一头大山羊杀了,羊身子吊在架子上,羊皮剥了一半,割下的羊头就扔在脚边。

这时候,小郑屠的老婆也从屋子里冲了出来,一看自己男人这个阵势,刚要喊叫,嘴巴便被公公捂住了。郑屠低声喝道:"别喊,他妈的,又犯了梦游症了!"

郑屠和儿媳妇悄悄地走近了正在剥羊皮的小郑屠背后,郑屠冷不丁地将儿子的两只胳膊抱住,儿媳妇上前夺下了男人手中的刀,两个人半推半搡地将小郑屠推进了屋子里,扯亮了电灯。

小郑屠垂着头迷瞪了一会儿,抬头一看,见爹和媳妇都在跟前,不由愣了,结结巴巴地问道:"你们,你们这是……"

郑屠气呼呼地说:"还你们,你们……你不知道,你又犯病了。"

"我犯病了?"

"你又犯了梦游症,到院子里杀了一只羊!"

"我杀了一只羊?"

"看看,你到现在还不清醒!你他妈的,以后犯了病,别把你爹当成羊就好了。"

小郑屠眨巴眨巴眼睛,想了想,说:"我想起来了,我是做了一个杀羊的梦……"

郑屠说:"咳,你这梦游症算是没治了。以前,你犯了病,挑担水,扫扫院子,干点别的活儿倒没什么,这回竟杀起羊来了。我问你,杀羊前,你给它打上水了吗?"

"我、我没梦见打水。"

"看看,这损失大了吧?这只大羊至少要打上5斤水。你知道这5斤水值多少吗?"

"5斤水……"

"5斤水就是5斤羊肉,就是50元钱!你知道这50元钱是多少吗?"

"50元钱……"

"50元钱就是80多斤小麦,就是两个人一个月的口粮。"

郑屠教训了儿子一番,儿子和媳妇都不言语,只是点头应着。他们两口子心里明白:爹是个好爹,不到五十岁上死了娘,几年了也没有再续弦,他的心系在儿子身上哩!爹的口袋从不多装钱,卖肉的钱都交给儿媳妇保管,去买羊就向儿媳要。平时,郑屠和小郑屠都是杀羊的好手,尤其是小郑屠,那给羊打水的技术练得特别好,针一扎进去,水便跟着打进去,真是干净利落。小郑屠什么都好,就是他的梦游症叫郑屠焦心。郑屠请教过许多医生,都说没有什么特别的药,但只要他媳妇晚上多加注意,管得紧一点,慢慢会好的,可是偏偏他媳妇常常睡觉睡得比猪还死。

那一夜,小郑屠梦中杀羊的事儿一直闹腾到天亮。天刚亮,一家人又来到院子里。爷俩给羊打水、杀羊,儿媳妇收拾头蹄下水,像往常一样忙活。

天气一天天热起来,蚊子也一天天多起来。每天太阳一落山,郑屠家的院子里便聚集起一群群的蚊子大军,"嗡嗡嗡"地在空中飞旋。郑屠体胖腰肥,他怕热,一到热天便喜欢在院子里露天睡觉。这天晚上,他在院子里铺下一床凉席,头枕着小板凳,肚子上搭条毛巾被,睡得死沉死沉的。

　　黎明前，满院子都是朦胧的月光。这时，小郑屠又从屋子里迷迷瞪瞪地走了出来。他到院子里一看，只见一只大白羊卧在那里，像捆起的羊在"呼哧呼哧"喘气，一下便来了精神，拿起注水器到水桶里灌满了水，按住羊屁股，"噌"地一声扎进去，针到水进。这时，猛听得炸雷似的一声怪叫，小郑屠被吓瘫在地上。待跑出来的儿媳妇拉亮了门口的电灯，只见郑屠捂着屁股不住地叫唤。他伸手抽了小郑屠一记耳光，骂道："好啊！你个兔崽子，真把你爹当成羊了？"眨眼之间，打进去的水在郑屠屁股上鼓起一个大包，待小郑屠清醒过来之后，两口子便慌慌张张地连夜将郑屠送进了医院。

　　医院里从来没收治过这种病人。医生说："如果你爹的屁股里灌的是脏水，怕是要发炎化脓的。"

　　儿媳妇忙说："不，不，是干净水，我们从不给羊打脏水的。"医生听了又好气又好笑。

　　郑屠在医院里，成天痛得呻吟不止。

　　晌午，小郑屠和他媳妇回家拿饭来，两口子还没走到病房门口，就听到爹的呻吟变了调儿："咩……咩……"小郑屠两口子一听，惊得目瞪口呆：完了，爹变成羊了！

（郭洪才）

（题图：谭海彦）

幽灵的报复

尹迟得癌症,在一个寒冷的夜晚故世了。消息传到金鸡机械厂,犹如火星闪了一下,即刻便无踪无影。这也不能全怪众人势利眼,实在是尹迟太平凡,太没能耐了,自打进金鸡机械厂,默默无闻干了三十多年,到头来仍是个跑腿扫地泡开水的勤杂工。凤攀高枝凰登楼,他能和大人物相提并论?因此,尹迟的追悼会开得冷冷清清,就连厂长包汉青和总务科长王六久都借故溜之大吉!

尹迟既然是个活在人间不嫌他多、离开世界不觉他少的人,一闭眼,便如灯灭,再也没人提起他了。到了四、五月份,天气渐渐变热,金鸡机械厂突然传出一个激动人心的好消息:说是新加坡鸿兴商会经熟人介绍,准备向金鸡机械厂定购一批机床,并邀请厂里一批技术人员去新加坡考察。

消息一传开,全厂上下欢声雷动,顶顶高兴的自然要数厂长包汉青了。他是老大,只要接下这项任务,厂里既能赚外汇,自己又可以名正言顺带队飘洋过海。所以当他听说新加坡鸿兴商会的李会长即将来华签订合同,马上召集总务科开会,重点内容就是做好接待工作。

总务科长王六久对包厂长的指示心领神会,这次他一改往日懒散作风,亲自带人去阳澄湖找鱼寻虾,采购各种名贵的水产品,跑得上百元一双的"耐克"鞋都脱了帮。

盼星星,盼月亮,终于盼来了菩萨李会长。包汉青大摆宴席,隆重接待。酒足饭饱之后,又把这批贵宾请进布置一新的会客室。包汉青撩起厚厚的棉门帘,殷勤地一甩手:"请!"李会长似乎愣了一下,但很快又镇定下来,也客气地谦让着:"请!""请……"请了半天,主客双双跨进大门。一坐定,包汉青迫不及待地大谈起金鸡机械厂的生产优势。谈着谈着,他发现情况有些不大对头,只见那个李会长脸上露出惊愕的神色,一双眼睛不时越过自己的头顶朝会客室门口望去。包汉青大惑不解,也顾不得礼节了,要紧回转头去,怪呀!门口连个人影也没有,这到底是怎么回事呢?

听完包汉青的介绍,李会长仿佛心事重重,他小心地说:"包厂长,我们定购的这批机床不仅要求质量好,而且在时间上要求也十分严格,一旦脱期……"包汉青怕夜长梦多,忙拿出预备好的合同书:"李会长,合同一签,我们马上派人去贵国考察,保证误不了。"可李会长的脑袋突然像拨浪鼓似地摇开了:"不,不,这次我只是来探探路的,至于是否正式向贵厂定购,我还得回去向董事会请示。"包汉青听了,手脚顿时发凉,真是撞见鬼了,李会长这次明明是专为这批机床来华的,怎么临上轿变卦了呢?难道说是接待工作出了纰漏?包汉青左思右想,把每个环节都用筛子筛了一遍,竟挑不出半点毛病。这种规格老实讲,就是中央来人都绰绰有余。可眼下对方不肯明说,他不能强按着牛头吃草,只得怏怏地说:"那好,那好,我在这里静等佳音。"

李会长一走,如鹞子断了线,竟再也没有音讯。终于有一天,有关方面婉转地传达了新加坡的消息。包汉青听罢,犹如当头一棒,打得他几乎昏厥过去,稍稍清醒一点,马上气急败坏地把王六久叫进了厂长室,一照面,劈头就宣布道:"王六久同志,根据厂长负责制原则,我决定撤销你总务科长的职务!"王六久本来喜滋滋地做梦给包厂长拎皮包,到新加坡去逛一趟呢,猛听这话,好似三斤面粉加七斤浆糊,弄得稀里糊涂:"包、包厂长,你是开玩笑吧,嘻嘻,是不是新加坡方面有了喜讯?"包汉青见对方这副模样,气就不打一处来:"严肃点,从现在起,尹迟留下的活就由你去干!"王六久这才发觉事情确实不妙,一时间,连惊带吓浑身就打起了哆嗦。自己削尖脑袋爬到科长的宝座,这容易吗?王六久一急,倒也豁出去了:"不行!撤我职总得要有理由吧?"包汉青不听则罢,一听"理由"两字,脸色立刻铁青,"啪!"一拍桌子:"你、你接待外宾不力,影响了本厂利润指标的完成!"

搞了半天,王六久总算弄明白"祸根"是在接待新加坡李会长这件事上,他顿时捶胸顿足,大呼冤枉:"包厂长,你说话可得摸摸良心,我为接待李会长,吃了多少苦,流了多少汗,这……""别嚷!"包汉青烦躁地打断了对方的话头,用手指指会议室门口的棉门帘,气哼哼地骂道:"你看看,这么简单的活都没人干,我要你这个总务科长干啥?"

这到底是怎么回事呢?原来,会议室门口用来挡风的棉门帘,过去都是勤杂工尹迟负责的,天冷了,他把棉门帘装上;天热了,他再把棉门帘拆下,周而复始,几十年如座钟一般准时。可尹迟一死,这举手之劳的平凡小事便没人干了。前段时间,新加坡李会长开始确实是来华签订合同的,但他看到金鸡机械厂都四、五月了,门口还挂着厚厚的棉门帘,心中不由一沉,这么简单的事都没人干,可见这里的管理混乱,在这里生产机床,还不是让人把心拎到喉咙口,因此回国后,立即重找了婆家。这么一来,包汉青的出国梦被砸得粉碎,难怪他要暴跳如雷。

　　王六久终于明白了事情的经过,他脸色煞白,后悔不迭:"尹迟呀尹迟,你老兄怎么不多活几天呀!"包汉青猛地被震动了,大有一种同病相怜的感觉,心里在说:"是呀,尹迟老兄你真要能多活几天,我一定带你去新加坡!"可一切都晚了。无视他人,无视死者,必定要遭到幽灵的报复!

(吴　伦)
(题图:陈柏荣)

这书是你买的吗

周大款经过数十年的商场打拼，现在已经成了身价过千万的富人。为了一改大老粗的形象，他新买了一个红木书柜，然后安排人从网上、旧货市场、地摊倒腾了满满一柜子的旧书，摆放在里面。

这天，周大款请三个朋友来家小聚。赵董来到书房，从书柜里抽出一本《七侠五义》，翻了两下问："周大款，这是二手书吧？"

周大款不愿承认，看这书挺旧，便说："这是我父亲买了留下来的。"

赵董笑了笑，去客厅喝茶了。

周大款急忙拿起那本《七侠五义》，只见封面上盖了个老旧的红印章："市图书馆藏"，周大款忙把那本书扔到了下面的抽屉里。

这时，钱总过来了，寒暄几句后，钱总抽出一本巴金的《家》，他看了看，问："周大款，这是二手书吧？"

周大款非常纳闷，但他假装若无其事地说："这是我自己买的。"钱总听后笑了笑，去客厅看电视了。

周大款迫不及待地拿起那本《家》，翻到扉页，见上面写着几个字："1986年购于美国洛杉矶华人街"。周大款这辈子没出过国，自然也不会在洛杉矶华人街买书，他赶紧把这本书锁进了抽屉里。

周大款刚把书锁好，孙老板进来了，开了几句玩笑，孙老板抽出一本路遥的《人生》，才翻了一页，就问："周大款，这是二手书吧？"

周大款心里一惊，想起刚才的情况，掩饰道："这书是朋友送的。"

孙老板不怀好意地笑了笑，就去客厅看报纸了。

周大款惊诧地拿起那本《人生》，翻到第二页，上面这样写着："愿你洗心革面，改过自新，做个对国家和社会有用的人。离别留念，马二楞，1993年6月于马窑坡监狱。"

(李大勇)

(题图：顾子易)

谁叫你提钱

这年头,谁有房,谁吃香。这不,肉联厂在滨河东路的门市部搬迁,空出一间店铺要出租。这边是繁华地段,生意火爆,店铺自然抢手。这几天,门市部主任丁满家的门槛,快要被人踩扁了。

这些上门求租的生意人,都带着数量不等的"中介费",少则几千元,多则上万元,目的只有一个,要把这间空店铺搞到手!

丁满把头摇得跟拨浪鼓一样,不管人家给多少酬金,丁满都不心动,只是说:对不起,这店铺已经租出去了。

其实,那间店铺并没有租出去,丁满准备把它留给老同学陈东东。陈东东和丁满是十几年的铁哥们儿。陈东东原先在滨河西路开店铺做生意,一次说起自己想把生意转移到滨河东路这边来,可惜一直"抢"

不到地盘。

　　说者无心,听者有意,丁满就暗暗地留了心,记下了。这次大好时机,租谁不租谁都是自己一句话,理所当然地应该帮帮哥们儿。所以,搬迁的当天,丁满就给在外地进货的陈东东挂了电话,等他回来签租赁合同。陈东东在电话里当然感激不尽。

　　丁满的妻子开玩笑说:"我的大主任,你真是兄弟如手足、金钱如衣服啊。为了友情,大家送上门的钱,你居然都不用。"丁满也笑着说:"人嘛,当然要讲感情的。至于钱这个东西,多一点,少一点,日子还不是一样过?"妻子娇嗔地白他一眼:"就你清高!"

　　几天后,陈东东回来了,哥儿俩在酒桌上开怀畅饮。酒至半酣,陈东东拿出一个纸包,推到丁满面前。丁满问:"这是什么?"陈东东哈哈一笑,说:"哥,我是生意人,一切向钱看,从来不白帮人,也不白让人家帮我。这五千元是我付给你的中介费。"

　　丁满一脸惊讶地看着陈东东,说:"东东,我帮你这事,并不图什么。而且,我也不是'人家',我们是好兄弟呢。"

　　陈东东说:"我知道、我知道,但是,情归情,钱归钱,两者不能混淆。亲兄弟还要明算账呢。"丁满皱着眉头,问:"真的要这样子呀?"陈东东说:"应该的,商品社会嘛,一切都要用金钱来衡量。"

　　丁满低头考虑了半晌,然后说:"那就这样吧,等合同签订以后,你再付我,好吗?"陈东东说:"你先拿着。"丁满死活不拿。陈东东又问什么时候签合同,丁满说:"等我消息吧。"

　　这一等就是几天,陈东东着急了,打电话过去问,丁满电话里说情况有变,要等厂里头批准,让陈东东再等等。

　　再等了几天,陈东东发现那店铺已经有了业主,大吃一惊,忙打丁满电话,问是怎么同事?丁满说:"唉!我们老板坚持要把这店铺租给那家,我没有权力更改,实在不好意思。东东,你不会怪我吧?"陈东东叹了口气,说:"哪能呢?"

丁满放下电话,一旁的妻子冲他揶揄道:"你们不是手足情深的好哥们儿吗?你咋又出尔反尔,把店铺租给别人了呢?"丁满叹息说:"这不能怪我哇!你也知道,一开始我是无私帮助他的,可后来他和别的人一样,一定要给我钱,拿了钱,就谈不上感情了。我心想,既然非拿钱不可,我为什么不选择给钱多的人呢?"

(谭文春)

(题图:魏忠善)

给牛看病

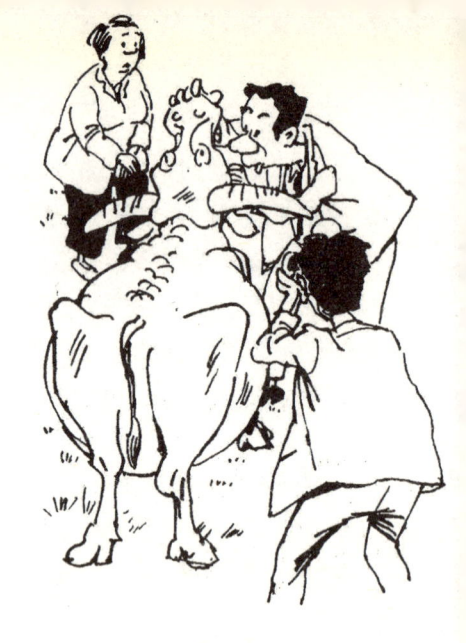

这天,乡政府通讯干事小沈跟吴乡长下乡。车行途中,小沈见路旁有个中年妇女在放牛,他脑子一转,讨好地对吴乡长说:"吴乡长,我给您拍张替牛看病的照片,怎么样?"吴乡长哈哈大笑:"我又不是畜医,也从来没给牛看过病。"

小沈说:"您是农大毕业的,畜医方面的东西多少学过些,您利用下乡机会给老百姓的牛治病,这照片登出来准不错。"说完,不等吴乡长表态,小沈便让司机停车。

吴乡长嘴上说"算了吧",身子却已钻出了小车。小沈便招呼中年女人说:"大嫂,问你借头牛用用。"随即就要吴乡长掰开牛嘴巴,装着给牛诊断的样子。自己端起照相机后退几步,准备拍下来。中年女人见吴乡长突然下车来掰她家的牛嘴,直叫道:"你掰牛嘴干啥?"

吴乡长一愣,小沈大声回道:"他是吴乡长,他在给你家的牛看病。"中年女人一把牵过牛,说:"我家牛好好的,哪有病?"

小沈连忙解释说:"我们只是拍照,又不是真的给你家牛看病。"于是吴乡长只让中年女人按住牛头,他自己掰开牛嘴巴,摆出一副给牛诊断的样子,小沈忙端起照相机,"嚓嚓"照了两张,两人便又坐上小车走了。

一个星期以后,吴乡长给牛看病的新闻照片就在县报头版显著地位登出来了,照片下面还有一段文字说明:农大毕业的吴乡长,经常利用下乡机会给村民家的病牛治病,深受村民的称赞。小沈拿着报纸越看越高兴,就兴冲冲地去找吴乡长邀功报喜,没想吴乡长到县里开会去了。

第二天,小沈刚上班,县委宣传部一个电话把他叫了去。小沈心想:新闻照片上头版不是常有的事,看来好事儿来了!他三步并作两步踏进县委宣传部办公室,谁想抬头就见上回给吴乡长拍照时遇见的那个放牛的中年女人,正坐在沙发上抹眼泪。中年女人一见他进来,站起来冲着他就说:"就是你拍的照片,你赔我老公医药费。"

小沈怎么也不会想到,这个中年女人家里很穷,上个月,她家一头老牛突然病死了。没了牛,地没法耕,她和丈夫只好东借西凑弄了两千元,又买了一头。牛买了,债也背了,为还债,她丈夫便到一家建筑工地打工。昨儿中午,她丈夫在工地的报栏里看到小沈拍的照片,怎么自己老婆也在照片上?新买的牛又病了?她丈夫赶紧向人借了辆摩托车,骑着就直往家赶。谁知这一急就出了事,摩托车开到山路拐弯处时翻进了沟里,她丈夫腿摔断了。中年女人一气之下拿着报纸告到了县里!

这下可好了,一心想邀功领赏的小沈像傻子似的呆呆地站在那里,平时的机灵劲儿全不见了。

(张伟良)

(题图:李 加)

后门大开

　　有个著名的旅游胜地叫"丰滦"，在清朝就建城了。为了庆祝建城300周年，丰滦市决定举办一场大型的庆祝晚会，晚会将由省卫视向全国直播。

　　组织方特意到北京请来了著名的音乐制作人，创作了一首新歌《丰滦欢迎您》。歌曲旋律优美，朗朗上口，极富时代气息，大家一致公认这首歌将是引领乐坛新潮的扛鼎之作，谁唱谁红呀！

　　那究竟让谁唱呢？组织方决定让本市一个青年歌手来演唱，他可是最近一次全市大奖赛上第一名的获得者呢！

　　不料这一天，庆祝晚会的负责人对管着这事的导演说："牛导，我儿子是学音乐的，北漂五年了，漂得就差要饭了，给他一个露脸的机会吧，让他过把瘾再死。"

这个牛导，五官下等，个子中等，体重上等，大胡子，马尾辫，棒球帽一戴，绝对导演的范儿。牛导心想，这个负责人可怠慢不得，于是毫不犹豫地说："行，打造羽泉第二。"有些人或许不知道这"羽泉第二"是啥意思，那可是中国大陆大受欢迎、知名度颇高的男子音乐组合。负责人听了，自然高兴得合不拢嘴。

五分钟后，这次晚会的赞助商董老板找到牛导，说："牛导，你看看能不能让我侄子参加主题曲的演唱？"他一边说着，一边往牛导兜里塞进了一个很厚的红包。

牛导心知肚明，笑若桃花地说："没问题，小虎队二号就要诞生了。"

牛导刚把董老板送走，他的一个相当铁的哥们儿打来了电话，说："老牛呀，你干儿子寻死觅活的，说是无论如何要参加你们那个什么欢迎你的演唱……"

牛导心里在想，起什么哄呀，就那小子的破嗓子能唱歌？于是委婉地说："现在已经有三个人了，你看……"

哥们说："F4、飞轮海、阿里郎不都四个人吗？你打牌时，你干儿子可没少给你打暗号。"

这是哪跟哪呀，算了，那孩子土匪着呢，拒了怕是也不好对付，四个人也并非不可，于是牛导就答应了下来。

因为眼下这四人，都是二十多岁的小伙子，牛导就给他们起了个很潮的名字——"青春无极限组合"。

第二天，四个小伙子到齐了，牛导瞪大眼睛一看，一怔，其中一个小伙子也太矮了吧，还不到一米六。那小伙子倒挺机灵的，主动走到牛导跟前说："牛叔，我叫董石，我叔让我谢谢您。"原来这就是董老板的侄子，拿人手短，牛导只好打落牙齿肚里咽，做声不得。

牛导刚把这边的事情安排完，那边一个工作人员走了过来，对牛导说："牛导，大丰集团罗总在外面等你呢。"

罗总曾经是牛导闯天下的大哥，那可得罪不起，他赶紧跑到罗总跟前，笑呵呵地连声说着恭维话。罗总拍拍牛导的肩膀，皮笑肉不笑地说："兄弟，混得连你大哥都不认识了啊？你帮个忙，把我省里一哥们的孩子安排唱《丰滦欢迎您》。"

牛导毫不犹豫地说："大哥，你的事不就是兄弟我的事吗？再加一个也没啥，韩国的'东方神起'就是五个人嘛！"

第二天，罗总把人带来了，牛导一看，眼就瞪圆了，怎么是个女的呢？

男的也就算了，就算是咱本土的"东方神起组合"，可来了个女的，怎么安排呀，"东方神奇组合"？牛导心里憋了口气，算了，让音乐部门自己想办法吧。

在随后的几天里，各方面的头头脑脑、同事朋友、亲戚哥们都给牛导递话传音，都要往《丰滦欢迎您》里塞人，哪个不同意都得罪人，他们还说，不指望全国出名，露个脸，镀层金，好歹在本地能混出个名声也好啊！

有道是多个朋友多条路，多个仇人多堵墙，牛导只得认了。那天，他把音乐部门的人召集起来，亲自对他们说："1986年，《让世界充满爱》、《明天会更好》，就是由很多歌星演唱的，你们可以参照那两首歌，一人唱几句嘛！"

这事打发过去后，刚刚消停没几天，副导演跑到牛导跟前，说："牛导，今天来了一个六十多岁的老头，还有一个四十多岁的胖女人，也要唱那首歌，跟'青春无极限'太不贴谱了！"

副导演这么一说，牛导才想起，昨天下午，他都忘了是哪个领导又提起了这茬事，说是有个文化馆的谁谁，也要来参加演唱，估计这老头和四十多岁的胖女人就是那路人马。牛导打了个哈欠，一脸倦意地说："现在就别叫什么'青春无极限组合'了，就直接叫'无极限组合'嘛！"

副导演张张嘴，欲言又止，呆了片刻，走了。牛导不糊涂，他全看在眼里，骑虎难下呀，好好的一首歌就这样被糟蹋了。

又过了一天，副导演又来找牛导，说："牛导，《丰滦欢迎您》那歌又有麻烦了，现在人员超编，一人一句已经不够唱了。"

牛导大吃一惊："一人一句都不够了？"

牛导为此事愁了整整一个晚上，直到天亮，他才有了一个绝妙的主意，他长长地吐出了一口气，心里在想：好吧，来吧，再来多少都无所谓了！

那一天，晚会终于开始，主持人走上台来，念了开场白，随后舞台上的帷幕徐徐开启，我的妈呀，只见台上黑压压地站了一百多人。主持人朗声说道："请听歌曲大合唱——《丰滦欢迎您》，演出者——无限制组合！"

（李大勇）

（题图：谭海彦）

拣便宜

小毛头其实年龄并不小,今年已经三十岁了,只不过因为个子长得小,所以还没有哪个姑娘看上他,小毛头心里急得火烧火燎。好不容易在城里工作的大姐给他介绍了一个姑娘,今天约他进城去相亲。小毛头心里甭提多高兴了,他先到烟酒店给未来的岳父买了两瓶高档酒,又到水果行给未来的丈母娘买了五斤苹果,接着再到首饰铺给自己的那个她挑了一条时下流行的包金项链,算算剩下的钱,正好够来回盘缠。

于是,小毛头喜滋滋地上了长途汽车,他挑了个两人座,自己靠窗,把那只装着相亲礼品的大包包搁在旁边的位子上,就低下头,假装打起了呼噜。

这时候,乘客们正陆陆续续上车,很快位子都坐满了,过道上也站了人。有人看到小毛头占的那个放包包的空位子，想把他的包移开，可一看他那副故意装睡的样子，知道这个人不好惹，话到嘴边又缩了回去。

有个乡下老头不买账，从车门口挤过来，拍拍小毛头的肩，说："喂，小老弟，把这只包放下去，让我坐一下吧。"小毛头翻翻眼皮抬起头，斜一眼说话的人，见是个实打实的庄稼汉，鼻子里"哼"了一声，不理睬他。

乡下老头见他这种蛮不讲理的样子，十分气恼，拉开嗓门吼了一声："你耳聋啦？叫你把包放下去，听不见咋的？"

小毛头见对方也不是那种软泥团，眼珠一转，说："你瞎嚷嚷什么呀，这儿有人坐了。""人哪？"乡下老头紧追不放。"这个也要你管？"小毛头火了。乡下老头牛脾气也上来了："是谁？不说出来就是耍滑头。""我老婆。"小毛头灵机一动，随口答道。

这一切，全被挤在车门边的一个姑娘看在眼里，她挤过去，想同小毛头论理，谁知小毛头竟"叭"地把包移到地上，像熟人似地招呼她去坐。小毛头自有小毛头的主意：坐这长途车又不是一时三刻的事，何况今天车上人挤人的，与其给你糟老头子，我还不会挑个姑娘作伴？

可那乡下老头实在看不下去了，气呼呼地责问小毛头："你刚才不是说这儿有人坐了吗？""咦？"小毛头故意装出一副惊疑的怪相，指指他旁边刚落座的那个姑娘，说："你这老头是老糊涂了还是眼睛长在裤裆里，这不是人呀？"乡下老头眼一瞪："你不是说那人是你老婆吗？""哎呀呀，你这老头咋这么啰嗦？"小头大叫起来，"难道我老婆脸上还要写上'老婆'两个字吗？这不就是……我老婆！"

乡下老头一听，差点气炸了肺，正欲发作，忽觉腿上被那姑娘拧了一把，他一愣，随即有点明白了。原来这姑娘是他孙女儿，名叫兰兰。

这几年家里靠养牛致富,今儿个乘农闲,爷儿俩进城逛街,上车迟了,没了座位,爷爷怕兰兰受累,看到小毛头这里有个空座位,便想叫他让出来,没想到平白无故遭这份气受。不过他知道自己这个孙女儿聪明伶俐,点子很多,且看她如何惩罚这小子。于是他瞪了小毛头一眼,不作声了。

这时,售票员挤过来卖票,兰兰嗲声嗲气地对小毛头说:"你快买票嘛。"小毛头吓了一大跳:糟糕,这娘们要动真格了,一张票要八十元,还叫自己回来不?可没等他开腔,售票员早撕下两张票递到了他面前,没办法,他只得把包包里仅有的一百六十元钱掏出来。

小毛头让人拣了便宜,心疼得头上冷汗也冒出来了。突然,他像想起什么似的,有意无意地将地上那个包包往自己座位下移。原来他刚才从包里取钱时忘了拉上拉链,包里的苹果都露了出来。可这一切怎么逃得过兰兰的眼睛,她心里开心得直想笑,她觉得对这样的家伙,不给他点颜色看看,他以后还会去诓别的姑娘。于是,她撒娇似的一边叫道:"渴死了,吃苹果。"一边就弯下腰伸手从包里掏出两个苹果削起来。她装作漫不经心地瞥了爷爷一眼,突然惊叫起来:"哎哎,舅公,是你呀?你也进城去?"又回过头来对小毛头叫道:"喂,这是俺舅公。"

乡下老头先是一愣,继而马上笑道:"这是你男人?刚才对不起啦。"小毛头这下真是打落门牙往肚里咽,只得赔着笑脸:"是舅公呀,刚才,嘿嘿……"

兰兰干脆把小毛头座椅下那个包拖了出来,对爷爷说:"来,舅公,吃苹果。"见包底还有酒,心里更加开心,抓起一瓶塞进爷爷怀里。到了这地步,小毛头叫又叫不得,拦又拦不了,本来绞痛的心呀,像又撒上了一把盐。他见乡下老头张嘴一口苹果,滋溜一口酒,知道用不了半个小时,这包里的东西便会装进他的肚子里,便猴急样地也不顾脸面了,抓起剩下的那瓶酒,就着苹果大口大口嚼起来。兰兰看着小毛头那副狼吞虎咽的样子,忍不住笑出声来,边笑边说:"你不能慢一点呀,看把你噎的。"突然她瞥见包底有一条亮晶晶的项链,便也拿出来,戴到了自己脖子上。

这下小毛头真正坐不住了,这项链花去两百多元不说,而且是自己特地买的见面礼呀,可不能这么一亏再亏,他脑了里飞快地盘算起来。车窗外,天已经黑下来了,有的乘客已经开始埋头呼呼大睡。小毛头悄悄把一只手搭上了兰兰的肩膀:搂着这娘们睡一宿,也不枉扔了那些苹果和酒,至于项链嘛,乘她睡着时再悄悄拿下来也不迟呀。

他这是做梦哩!只见兰兰白了他一眼,半嗔半怒似的说:"你怎么这么不懂事哇?舅公年纪大了,你起来站站,让舅公坐一会儿吧。"小毛头这下是真正傻了眼,众目睽睽之下,只得站起来让座,像杨树干一样站在过道里……

事情发展的结果,兰兰当然不会把项链带回家,她爷爷也不会白吃白喝小毛头的东西,至于那张车票,更不会要小毛头出钱啦,只是听人说,小毛头从此乘车不但不敢多占座位,而且更怕姑娘坐在他身边了。

(邹外来)
(题图:泰传生)

免费旅游

丽园小区有个老年活动室，平时，小区里的老人都喜欢聚在那儿一起娱乐休闲。

这天上午，一个长相秀气的女孩走进了老年活动室，她说自己叫张倩，是旅行社的导游。张倩告诉老人们：她特地来组织大家去锦绣山庄旅游，一切费用由旅行社负责，小区里的老人可以免费参加。

一听"免费"二字，正在闲聊的刘大伯和冯老太非但没有惊喜，反而皱起了眉头。

刘大伯心有余悸地说："免费的东西靠不住。上次我参加一个免车费、免住宿费的低价旅游团，可中途导游硬逼着我们去礼品店购物，不买的话，就不管我们了。结果便宜没占着，反被旅行社狠狠宰了一刀！"

冯老太频频点头，跟着抱怨道："去年重阳节，医药公司打来电话，说凭老年卡可以领一台免费理疗仪。我兴冲冲地赶了过去，谁知领理疗仪前先要听健康讲座，听讲座时我被他们好一通忽悠，稀里糊涂地就买了五千多块钱的保健品……"

冯老太话音刚落，其他老人也七嘴八舌议论开了，最后大家一致认为，天下没有免费的午餐，这免费旅游的背后肯定有猫腻。

张倩凝神静听，等老人们讲完了，她笑眯眯地说："现在，社会上坑蒙拐骗的事确实不少，提高警惕很有必要，但请大叔大妈们放心，我们旅行社推出的免费旅游绝对名副其实！"

那旅行社究竟图啥呢？活动室里的老人们你看看我，我瞅瞅你，都觉得不可思议。见大伙儿仍心存戒备，张倩耐心地作了解释：锦绣山庄是旅行社推出的新景点，目前还在开发阶段。为了凝聚人气，也为了尊老敬老，旅行社决定，组织若干批老人去锦绣山庄免费旅游。

听了这番解释，老人们总算放了心，他们围在张倩身边，纷纷要求参加旅游团。张倩取出一叠报名表，让老人们一一填好。

第二天早上，旅行社的大巴车开进了丽园小区。在张倩的热情招呼下，等在那儿的老人们依次上了车。一个多小时后，大巴车开到了锦绣山庄。老人们下车一看，哇，这儿满眼青山绿水，到处鸟语花香，真是美极了！许多老人掏出相机，"咔嚓咔嚓"地拍了起来。

张倩笑着说："大家先别忙，山庄里的景色更加优美，你们到那儿去拍吧。"

说着，她带头穿过一道气派的石拱门，进入了锦绣山庄。山庄里绿树成荫，亭台楼榭、小桥流水时隐时现，显得古朴而清幽。老人们对山庄的美景赞不绝口。

到了中午，老人们觉得肚子饿，纷纷拿出了随身带来的干粮。张倩见状赶忙制止，说已经为大家准备好午餐，就摆在山庄饭店。

随后，张倩领着老人们来到了山庄饭店。饭店的大厅摆着三桌丰盛的菜肴，张倩请老人们各自就座。

张大伯扫了一眼桌上的酒菜，突然一拍脑门，说："乖乖，原来在这儿等着我们啊，免费旅游高价午餐！"

听了这话，冯老太像屁股上被人扎了一针，猛地从椅子上蹦了起来。她盯着张倩，结结巴巴地说："高，高价午餐，那，那我可吃不起！"

周围的老人们同时醒悟过来，一个个都站了起来。张倩见状，赶忙拍着胸脯保证道："请大叔大妈们放心，这顿午餐也是免费的！"

看张倩信誓旦旦，老人们这才重新坐到了椅子上。接着，张倩挨桌给老人们敬酒，祝他们健康长寿。老人们个个都喜笑颜开，一致夸赞旅行社慷慨大方、诚实守信。

正当大伙儿吃得津津有味之时，张倩冷不丁地问道："大叔大妈们，请你们说句实话，这锦绣山庄的风光美不美呀？"

"美！"老人们异口同声地回答。

张倩又继续问："那么，你们想不想住在这儿？"

"想啊！"老人们纷纷点头。

张倩拉开皮包，取出厚厚一叠设计图，笑眯眯地告诉老人们：眼下，旅游行业竞争十分激烈，旅行社打算改行做房产生意，锦绣山庄是他们启动的第一个房产项目。我们准备在这儿建一批高档别墅，设计图已经拟好，请大家随意挑选。

听完张倩的介绍，刘大伯"扑哧"一声笑了，他摇着头说："张小姐，我们都是退休工人，甭说高档别墅，就连经济适用房都买不起！"

张倩却笃定地说："没找错，锦绣山庄的高档别墅，大叔大妈们一定买得起！"说着，张倩伸出右手，同时跷起了大小拇指。

"六百万？啧啧，光听听价格就吓死我们了！"刘大伯吐了吐舌头。

张倩连连摆手："大叔误会啦，不是六百万，是六万块一套！"

餐厅里的老人们都听得瞠目结舌，不约而同地问："六万块买一套别墅，这怎么可能？"

张倩解释道："因为我们的别墅比较小，每套只有一平方米。"

"一平方米，这，这怎么住啊？"刘大伯差点把眼珠子瞪出来。

张倩嫣然一笑，甜甜地说："现在是住不下，但等到百年之后，就住得下了。"

老人们这才恍然大悟，原来，张倩是借免费旅游推销墓地啊。

(陈　述)

(题图：张恩卫)

奶水惹的祸

卖奶赚外快

最近,阿强老婆生了个大胖儿子,他发现,老婆奶水特别足,每天不管儿子怎么吃,就是吃不完。

这天,阿强突发灵感,决定出售老婆多余的奶水。他来到热闹的街头,头顶举着块牌子。不一会儿,就有个小平头男人过来问价了。

阿强说:"人奶不能卖牛奶价,有点贵,一百块半斤吧。"

小平头笑了笑说:"价格不是问题,关键是质量。"

"这个您放心。"阿强马上拍起了胸脯,"绝对纯天然无污染绿色产品,我儿子喝了它,三个月二十斤!"

小平头显然动了心,但还是要求去亲眼看一下奶源。阿强二话没说,带上他就走。

到了阿强家,小平头一看,阿强老婆神采奕奕,胸脯大得要撑破衣裳,儿子白白胖胖生龙活虎。小平头脸上露出了满意的笑容,接着又是羡慕又是感慨地对阿强说:"兄弟,你太幸福了!我女儿自打一出生,老婆就没让她吃饱过一回,不得已,只好买奶粉。可现在的奶粉真不敢让她多吃啊,每天都是提心吊胆的。"

阿强心里美滋滋的,可不是嘛,奶粉能和人奶比吗?

小平头当即就下了订单,每天给他女儿留半斤。阿强收了钱,叫老婆到房里现挤了满满一奶瓶,出来交给小平头说:"趁热,快拿回去给孩子喝吧!"

第二天,阿强在家左等右等,就是不见小平头上门取奶,正纳闷呢,忽然听到外面有人用力敲门。打开一看,正是那个小平头,但脸上却是一团怒火。

没等阿强问,小平头一把揪住他的衣服,破口大骂:"王八蛋,你敢害我女儿!"

阿强大吃一惊,结结巴巴地问:"怎么、怎么了?"

"怎么了?"小平头吼道,"我女儿中毒了!你卖给我的是毒奶,你真不是人!"

阿强傻了:"怎么会?明明是我老婆的奶……"

小平头说:"你自己去看!"不由分说,揪着阿强就走。

阿强被他扯到了医院,一看病房里果真躺着一个几个月大的女婴,身上还插着管子,打着吊针。一个年轻女人正坐在床头不停抹泪,估计就是小平头的老婆。见了阿强,她张牙舞爪地扑上来要跟阿强拼命,幸好被小平头及时拦住了。

阿强委屈地说："你孩子可能生什么急病了吧？怎么赖到我家的奶上呢？"

"就是你家的奶！"小平头的老婆尖叫着说，"我女儿就是喝了老公买回来的奶后出的事，医生说是中毒！"

阿强差点跳了起来："你们想陷害我，没门！"

小平头脸色铁青，又揪住他骂："混蛋，你还想赖账！"阿强冷笑道："真是笑话！我老婆的奶怎么会有毒？你那天明明看见我老婆挤的奶……"

"我没看见！"小平头打断他说，"你把老婆拉进房里，拿给我的却是劣质奶粉兑的水，挂羊头卖狗肉！"

阿强愣了愣，一想这下麻烦了，老婆挤奶当然要避着小平头，现在反倒没了证据。阿强急得赌咒发誓，天打雷劈、不得好死的话都说出来了。可小平头哪里肯信，两人正吵吵嚷嚷着，医生进来了，说："不用吵，把孩子喝剩的奶瓶拿来，我一看就明白了。"

这话提醒了小平头，冲阿强说："你等着，如果是毒奶，老子要你喝了！"掉头就回家取奶瓶。

阿强脑子不糊涂，心说这小子要是拿了一瓶毒药来，我就是跳进黄河也洗不清了，急忙拔腿追上去，要求一块儿去取奶。小平头正担心他趁机溜走呢，这下正合心意，就带着他一起回了家。一看，昨天卖来的奶只剩下一点了，阿强紧紧地盯着那个奶瓶，提防小平头使诈。

两人一路护送着奶瓶又来到了医院，医生倒了一点在手心，仔细瞧了瞧，嗅了嗅，又用手指捏了捏，笑了："这是正宗的人奶！"

阿强心中一块石头终于掉了下来，长长松了口气。小平头却糊涂了，瞪着眼说："孩子明明是喝了奶才不舒服的。"不过，他并没有再为难阿强，让他走了。

阿强回到家,愤愤地告诉了老婆:"虚惊一场!这家伙真是有眼不识宝,他孩子不知怎么生病了,却硬赖在你的奶上。哼,他以后就是想买,也不卖给他了!"

这奶有问题

第二天,阿强上街又找到一位买主,是位年轻妈妈。这回他学乖了,为了卖个货真价实,他索性让老婆当着女买主的面挤奶。

谁想,当晚那个买主就找上门来了,说她儿子喝了买回去的奶,上吐下泻发高烧,已经送去医院了。

阿强吃了一惊,说道:"你明明亲眼看见奶水挤出来的,难道我跑到你家下毒不成?"

买主一想,确实也是啊,这下无话可说了。

打发走买主,阿强挠起了头皮。真是邪门,自己的儿子喝了几个月都没事,怎么别人一喝就闹病呢?再想想,他不禁有点疑神疑鬼起来,看来奶水这玩意儿是不能卖钱的,卖了要出鬼!

第二天,阿强不敢再上街推销奶水了。可老婆的奶水还是像自来水一样涌出来,堵都堵不住,儿子只吃了一只就撑得不行,老婆只好把另一只的奶水挤在盆里,挤完了叫阿强拿走。

阿强端起来一瞧,好家伙,满满一大盆,他不由得直摇头:"可惜啊可惜!"却也无可奈何,卖又不敢卖,自己又不愿意喝,只能一脸惋惜地放在桌上。两口子看着盆子直叹气。

阿强家住的是老城区的旧平房,环境十分脏乱,家里经常出现老鼠什么的。就在这时,不知从哪儿钻进来一只老鼠,可谓是胆大包天,居然大白天的爬上了桌子，还凑到装奶水的盆子旁，两只爪子扒着盆沿，咕嘟咕嘟喝起了奶。

阿强一看这老鼠如此无法无天，再也忍不住了，猛地一拍大腿。老鼠吓得"吱"一声叫，掉头就跑。谁知它跌跌撞撞跑到桌子边缘，居然一头掉到了地板上，滚了两滚，爬起来又跑，没跑几步又跌倒了，肚子都翻了过来，只剩四只爪子在那里使劲蹬。

阿强和老婆见状，都惊讶地叫了一声，不约而同地站了起来。

阿强快步走过去一看，老鼠嘴巴上还沾着奶水，身子却像抽筋一样颤抖着，一看就像是吃了老鼠药发作的样子。又过了一会儿，老鼠就一动也不动了。

阿强惊讶地张着嘴巴，抬起头脱口说道："难道你的奶真的有毒？"

"放屁！"老婆骂道，"我的奶有毒，咱儿子早就……"说到这儿，急忙一把捂住嘴巴。

阿强想想也是，老婆的奶要是有毒，儿子就是有十条命也玩完了。可这是咋回事呢？他瞪着那只老鼠，怎么也想不通。

老婆没好气地说："肯定是老鼠吃了鼠药，刚好跑到我们家来了，喝了点奶，反而加快了药性发作。"

阿强心想，看来也只能是这样了，心里连叹晦气，赶紧拿了张报纸把老鼠包住扔到外面。扔完回来，忽然听见邻居王大爷在骂人。听了几句，原来在骂放老鼠药的，他的猫误吃了鼠药，刚刚中毒身亡。

回到屋里，阿强突然发现老婆呆若木鸡地坐着，脸色惨白。阿强疑惑地问："老婆怎么啦？"老婆颤抖着说："王大爷的猫死了。"

阿强一听更疑惑了："死了就死了呗，又不是咱放的药。"

"刚才……"老婆犹豫了一下，一咬牙说，"刚才我把那盆奶放在外面，那只猫过来吃……"

阿强愣住了，这也太巧了吧？两口子面面相觑，一时都说不出话来。

究竟是何因

接着一整天，小两口都心神不宁，他们捧着儿子左瞧右看，实在无法相信奶水有毒。

阿强苦思冥想了一夜，早上起来灵光一闪，激动地说："老婆，你发现了吗？咱家里过去蚊子成堆，自从你生了儿子，好像都不见了，儿子从来就没被蚊子咬过一口！"

老婆低头一想，连连点头："那是为什么？"

阿强使劲一拍手："肯定是被你的奶水熏跑啦！"

老婆半信半疑，有些不知所措。阿强迟疑地说："老婆，我觉得吧，你的奶水真的有点邪门。"

两人一琢磨，决定弄个明白，于是抱起孩子就上了医院。阿强让老婆挤了半杯奶，交给医生，请他化验一下到底有没有毒。

医生哈哈大笑道："我还没听说人奶能熏跑蚊子的呢。"可他还是把奶拿去化验了。

过了一天，阿强和老婆又来到医院，医生摇着头说："闻所未闻。"说着，递过来一叠厚厚的化验单。

阿强看了两张，脸已经吓白了，看到最后，一屁股跌在地上。天哪，老婆的奶水竟然含有十几种毒素。

医生严肃地对阿强的老婆说："正所谓病从口入，你的饮食习惯是怎么样的？"

这一问，老婆就后悔不已，说她吃东西就是不禁忌，就算怀孕期间，她还是管不住嘴巴，什么都照吃，像油条、臭豆腐、卤鸡爪、方便面、皮蛋、辣椒酱、香肠……

"这就对了！"医生摆摆手打断她，"你早上吃一根用地沟油炸出来的油条，中午吃两块用腐肉、化工原料泡出来的臭豆腐，晚上再吃半碗用工业硫磺熏制的辣椒酱……唉，你喜欢吃的东西，恰恰都是最有可能用毒料制出来的食物，日积月累，毒素都被你吸收了。毫不夸张地说，你现在的身体就相当于一个有毒工厂，而奶水是你排出来的有毒污水！"

阿强腾地站了起来，气得差点要给老婆两巴掌："我叫你嘴馋！"医生急忙制止他说："不是馋不馋的问题。其实我们每天也避免不了吃到有毒的食物，而她能够吸收并且通过奶水排出，世界上还没有先例，或许是她体内的基因结构已经发生变异了。"

老婆"哇"地哭了："我儿子呢？他还有救吗？"

医生沉吟半晌，说这个也不用太紧张。也许孩子在肚子里时，天天吸收着有毒的母体营养，天生就具备了对毒奶水的免疫力，所以天天喝着毒奶也没事。当然，这是一个奇迹，也是一个有待研究的课题。

阿强两口子顿时一片茫然，以后怎么办呢？后来一想，也想开了，罢了罢了，既然毒不死，那就继续吃下去吧！

(陈　铭)

(题图：张恩卫)

骗子失算

从前,广东兴宁县有一个叫张知凿的人,他身材矮小,其貌不扬,但为人正直,常常施计捉弄那些刁滑之徒,所以恶人们骂他,老百姓却非常欢迎他。

有一次,张知凿搭船下汕头,在轮船上碰到一个人,此人身穿长衫,头戴毡帽,嘴上两撇八字胡修得十分刺目。只见他一双眼睛,东溜西转,一会儿就溜到了张知凿身上来了。张知凿一眼就认出此人是个老骗子,见他在打自己的主意,心中暗骂道:"你这个老贼骨,骗人钱财,十分可恶,我今天非整治你不可!"于是,他故意拿顶竹帽遮住身子,从小皮筐里取出银毫,一五一十地数了起来。老骗子一看有门,心中不禁一阵狂喜,他认定了要敲这个乡巴佬一笔。

一会儿，船便到了汕头，张知凿上了岸，找人四处打听寻旅店住下来，老骗子在后面不紧不慢地跟过来。张知凿不露声色，来到一家韩江客栈，向掌柜的要了一个单间，办好了手续后，把小皮筐交给掌柜说："我这皮筐里装有银毫，请您替我保管一下，我即去船上接我父亲来；万一他先跑来了，就请您把皮筐交给他，并带他去我那单间里歇着。"掌柜一听，又是摆手，又是摇头："这怎么行？我们根本不认识你的父亲！"张知凿笑道："这不难，我叫张龙，我父亲叫张奇，奇就奇在他那胡子上。人家都是两边有胡子的，我父亲却只在左边有胡子，右边因为生过唇癣，胡子都脱光了。你看，这样的奇人，一眼就看得出来，还会认错吗？"掌柜觉得有理，便替他把小皮筐收藏了起来。

张知凿和掌柜说的话，全被一旁那个老骗子听得一清二楚。他见张知凿一走，赶紧跑到附近的理发店里，也不管人家同意不同意，丢了两个钱，拿起剃刀，对着镜子，一刨四刮，把右边的胡子剃个精光，留下左边一撇。理发师傅见了，个个目瞪口呆，以为他是疯子，接着忍不住哈哈大笑。老骗子也顾不得人家讥笑，掉转屁股，急忙向韩江客栈跑去。

一会儿老骗子就跑到韩江客栈喘着气对掌柜的说："我叫张奇，我儿子叫张龙，在宝号开了一个房间，请把小皮筐拿出来给我，并带我开房间门去。"

掌柜的望了他一眼，见他说的和张知凿一模一样，便把小皮筐拿出来。老骗子急忙伸手去接。不料，掌柜的伸长脖子，打量他一眼，却把小皮筐放回里面去了，连连说："唉，差点上了当！不对，你不是张龙的父亲！"老骗子笑道："我是张龙的父亲，叫张奇，不会错，你看，我右边没胡子呢！这奇，就奇在我胡子上。"掌柜的说道："不错，张龙最初说他父亲右边没有胡子,但后来他又赶回来纠正说他父亲左边没有胡子,还说他村里有个骗子,正是右边没胡子的,哎呀,莫非你就是那个——"老骗子知道上当了,赶紧脚底抹油,灰溜溜地溜出了店。

老骗子出了店门外,摸摸自己心爱的胡子只剩下一边,又痛又气又恼,心想:钱没骗到手,胡子却失了一边,怎么见人?于是又跑回理发店里,花了一笔钱,把左边的胡子也剃得精光。

(陈仕钦)

(题图:李　加)

平 安 路

这天中午,镇派出所的王所长接到报案电话,河东村一个叫彩云的女人说,她刚从地里干完活回家,就发现家里来过小偷,把一只玉镯子偷走了。王所长知道这些庄稼人生活不容易,丢了东西哪有不心疼的?于是骑上车就往河东村赶去。

王所长一边赶路一边想,这一带治安一向很好,怎么会无端出了小偷?而且这小偷也太大胆了,竟敢光天化日之下行窃,正想着,河东村便到了。王所长进村,到报案的彩云家一看,不由暗暗奇怪:这彩云的家境实在一般,一幢红砖房已盖了多年,门窗都显得陈旧,村里富裕的人家也不少,怎么独独就她家被小偷盯上了呢?接着,王所长勘察了现场，只见大门有被撬坏的痕迹，屋内一片狼藉，杂物扔了一地。

这时彩云走了过来，指着一只抽屉的夹层，说："那只玉镯就藏在这里，没想到也被小偷找着了。"她沮丧地说，"这只镯子是我娘的遗物，我一直都很珍重……唉，这小偷太可恶了！"

王所长心想，镯子藏得这么隐蔽都被找到了，说明小偷在此停留的时间不算短，作案时有恃无恐，到底是什么人作的案呢？

这时，彩云在一旁突然说道："王所长，我肯定，这个小偷就出在我们村！我的邻居秀枝就有最大的嫌疑。"

王所长一愣，忙问："你有什么证据吗？"

彩云恨恨地说："这事还得从去年说起。那天，她家的猫溜到我家，打翻了我一口好坛子，我一气之下就敲了那猫一棒子，没想到猫不久后就死了。秀枝当时就撂了狠话，说那猫比她的家人还亲，她不会善罢甘休的。我想，一定是她偷了我的镯子去抵她那只死猫了。她今天没有下地，一直在家，有作案的机会，我提议，立即去她家里搜查。"

王所长听罢，皱了皱眉，道："光凭怀疑是不行的，凡事都要讲证据。"他顿了顿，又道，"不过，倒是可以去她家了解一下情况，你们两家屋子挨得近，也许她能提供些有用的线索。"说完，王所长出门向秀枝家走去。秀枝家与彩云家隔着一块七八丈远的空地，在村里就数这两家离得最近。王所长走进秀枝家，秀枝显然早已听到了风声，摆出了一副"兵来将挡、水来土掩"的架势。

王所长问秀枝："你今天一直在家吧？"秀枝答道："在家，没出过门。""那你看到附近有可疑的人吗？"

秀枝一笑："没出过门，自然就看不到什么人。"正说着，她突然一眼看到彩云站在自家门口，探头朝屋里张望，顿时气不打一处来，冲着门口的彩云喝道:"你那眼珠子往哪里瞧?要是怀疑,就进来搜好了。"

这句话正中彩云下怀,她说了句"这可是你自己说的",就走进屋来翻箱倒柜,可是折腾了好半天,也不见镯子的影子。这时,秀枝冷冷地说:"这下看明白了吧?以后可别乱冤枉好人。"彩云却不屑地道:"我看你早把东西藏到别处去了,要不哪会叫我来搜?"

"你……"秀枝气得说不出话来,眼看两人又要掐起来,王所长走上前劝道:"唉,都说远亲不如近邻,你们怎么闹得跟仇人一样?好了,都别吵了,我再到村里去了解一下情况,等案子破了,自然水落石出。"

接下来王所长陆续走访了几户村民,他们都说秀枝虽然有点小心眼,但人很诚实,这样小偷小摸的事还真做不出来。最后有个村民无意中说道,今天上午村里来了一个磨刀的陌生男人,眉角有道刀疤。王所长听了精神一振,记下了这条线索。

回到所里,王所长就打印了几份防盗告示,让人贴到各村去,还增派了两个民警到各村去巡逻。然而小偷狡猾,防不胜防,接下来一段时间,附近又有几户人家陆续失窃。

王所长走访后,从这些案件中总结了一些奇怪的现象:这个小偷胆子不小,不在夜里行窃,却喜欢乔装打扮成磨刀的或收山货的,光天化日大摇大摆地混进村里,很有点有恃无恐的架势;外来盗窃一般都会找村里惹眼的富户下手,可这个小偷"光顾"的失主大多和彩云一样,家境都不富有。更奇怪的是,这些失主遭窃后,反应也都和彩云差不多,总是口口声声先怀疑自己的邻居。有好几次,王所长已经向失主说明了是外地流窜来的惯偷作案,但失主还是坚持自己的观点,有的当场就和邻居争吵起来,还险些动手。

调查下来,王所长感到十分头大:看来,这个小偷还真有些古怪,其中的缘由，恐怕只有等小偷落网才能搞明白了。

半个月后的一天，派出所接到镇上一家首饰店老板打来的电话，说有个男人想在店里卖一只玉镯，形色慌张，十分可疑。王所长赶过去一看，那男人的外貌和村民描述的一模一样，于是一举将他拿下，接着又从他的住处找出好些来不及转手的赃物。

回到派出所，王所长一边通知村民来认领失物，一边和民警小朱审讯起了疑犯。这个疑犯果然是个惯偷，扬子江上的麻雀，风浪也见过不少了，于是没怎么对抗，就把偷了哪几个村子哪些人家，都一一作了交代。原来，这段时间镇里的多起案件真是这小偷一人所为。

最后王所长想起了连日来心头的疑惑，就问小偷："你既然行窃，为什么不选有钱的人家，是不是有什么阴谋？"

小偷听了这话，竟毫不脸红地嘻嘻一笑："哪有什么阴谋啊？这是我做事的原则，不偷最有钱的，只偷最安全的。"

只偷最安全的？王所长搞不懂了，小偷就解释说，他们作案，最怕被户主的邻居发现，所以偷那些邻里关系不好的人家最安全了。因为这些人就算注意到邻居家有异常情况，也不会出门察看，有的就算看到了，也会睁只眼闭只眼。

王所长细细一想，可不是？自己进村调查时，就有失窃村民的邻居吞吞吐吐地不肯多说，没想到这个小偷竟如此奸猾。

这时，旁边的民警小朱疑惑地问小偷："你是外地人，又不是村里人，怎么知道人家邻里不和？"

小偷听了这话，竟好像有些得意，他晃着脑袋道："这个嘛，是我们这行必备的素质，这里面讲究可就多啦，有个口诀叫：一看墙，二看路。我白天进村，就是为了能看清这些。邻里关系好的人家，隔开两家院子的墙头修得低,人站在院子里,能看见墙那边的邻居,互相说话、递东西都方便;要是隔墙修得又高又厚,那多半邻里关系就不怎么样啦。这就是'一看墙',要是独栋房子呢,那就要看路了。"

原来,这一带的农村,许多村子只有一条主马路进出,有些人家的屋子不在马路边,村民相互走动,就要从田埂上或菜畦中穿过去,走的次数多了,地上便会踩出一条土路来。那些邻里关系好的,连接两家之间的土路又平坦又清晰;而那些邻里关系紧张的,那条路就会杂草丛生、模糊不清,或者根本就没有路。

最后,小偷说,他就是以这些情况作为判断,到现在为止,还从未走过眼……

王所长和小朱听到这里恍然大悟,扭头一看,不知何时,门口已站着好几个人,原来都是领了失物来旁听的村民,彩云也红着脸站在其中。大家显然都听到了小偷的话,一个个张口结舌。王所长走过去,对他们说道:"刚才都听清了吧,还愣着干什么?赶紧回去把通往邻居家的路都好好修一修吧。"

(佘远香)
(题图:张恩卫)

神奇的播音员

在日本一家电视局里，有一天突然发生了一件可怕的事情，一位播音员在播发新闻稿件时，忽然嘴巴失去了控制，不知怎么溜出一串话来："现在向各位披露一宗贿赂事件：本市最大的电器公司定期向监督官厅的高级官员进奉重金和厚礼……"

消息一播出，不要说播音员自己吓得脸色发白，局里上下顿时陷入一片紧张之中。播音员实在解释不清这是怎么回事，怎么嘴巴里突然就冒出这些话来？空口无凭的广播，不仅会遭到对方的强烈抗议，而且电视局也将因此而声名狼藉。

奇怪的是，对方根本没有任何抗议的电话打进来，而且，据有关方面提供的情报，那天警视厅收听到这条新闻后半信半疑，于是对这家电器公司采取了特别行动，结果发现确有其事，有关人员已遭逮捕。

于是,原来对那个播音员的责难变成了一片赞扬。人们便以为,这个播音员是出于义愤,才公然采取这么极端的行动,伸张正义嘛,可以谅解。只有播音员自己,仍然处于一种惊恐之中,因为直到现在他也没有闹清,自己怎么会这么做。莫非,这是一种特异功能?

第二天,更奇怪的事情发生了。还是播发新闻稿件的时候,那个播音员的嘴巴又突然失去了控制:"现在公布去年本市偷税漏税最严重的前十名大户。"随着电波的发射,那播音员浑厚的男中音响彻整个城市的上空……

这一来,电视局的新闻节目受到当局很高的评价,听众电话也接连不断。那个播音员顿时声名大振,尤其是他的上司,了解到他的所为是特异功能所致,便叫他干脆就住在局里,一天三次在荧屏露脸,专门播发特快新闻。

这天,播音员临时接到任务,要上街采访,刚走出大门,就发现有些人见了他就逃。开始他还没怎么在意,后来发现逃的人越来越多,就有点儿奇怪。事后一打听,才知道这些人中或者是在公款上捞过油水的,或者是有过敲诈勒索前科的,或者是处心积虑专门暗算别人的,或者是曾经诓骗过女人的。总之他们都有一些见不得人的坏事丑事,他们生怕那个播音员把自己的丑事抖出来,所以见了他都逃之夭夭。

播音员没想到事情会有这么个结局,这使他心里很不痛快。这天,他想回家喝两盅,谁知兴冲冲踏进家门,却不见妻子的影子。原来连她也不例外,几天前就溜之大吉。

(李　勇　供稿)
(题图:黄世坚)

私人诊所来客

水田是一位精神病学医生，他的私人诊所开设在日本神户市区最繁华地段的一幢大楼里。他医术精湛，为人热情，尤其是那"少用药，多解忧"的治疗方针，在同行中颇受好评，在国内也很有吸引力，所以病家纷纷慕名求治，水田从而也就打开了各式各样钱包的拉链。

这天中午，水田已结束了上半天的工作，正在洗手打算外出吃午饭时，忽然听到门口传来一阵急促的铃声，水田先从窥视镜里往外看了一眼，站在走廊里的是一个皮肤白净、穿着考究、微微隆起肚子的少妇，已经是冬天了，可她鼻梁上仍架着副墨镜。水田迅速打开门："对不起，让您久等了，请进！"

少妇默默地闪了进来，注意地看着水田重新把门关好后，迟疑地开口道：:"请问，您这儿的套间隔音吗？"水田肯定地点点头。少妇依旧默默不语，两只眼睛打量着四周。水田诊所的布置本来就不同于一般的私人诊所，这里既没有大型的医疗器械，也没有专设的病床，更闻不到医院那股刺鼻的消毒水味，甚至连体温表、血压计这一类必需的小器件也不放在外面。水田深知自己诊治的对象多少都有些疑神疑鬼，讳药忌医，他想用自己和谐典雅的独到布置来尽量减少病人对医生的戒备心理。

果然，这一招今天又奏效了，只见少妇满意地点了点头，缓缓地摘下墨镜，对水田说："请原谅我失礼的举止，我也是没办法才来找您的。"水田"哦"了一声，表示能够理解，比少妇更为怪癖的患者水田见得多了，他当然不在乎这些。不过，摘下墨镜后少妇那忧郁的神情倒把水田吓了一大跳，他小心地请少妇在沙发上坐下，递上一杯茶，开口道："请问夫人尊姓大名，您哪里感到不舒服？""嗯，这个……"少妇有些吞吞吐吐，至少是对陌生的医生有所顾虑。水田了解不少女患者往往都是背着自己的丈夫或家人来就诊的，时间一长就好了，勉为其难只能适得其反，于是便说："您第一次来，别着急，告诉我哪里不舒服，我好对症下药。""对症下药？"少妇一怔，"您是说针对我的情况提出对策吧？记得我在哪本书上见过这种术语。"水田赞许地笑了笑，继续说道："请相信干我们这一行的，嘴巴都顶严实。"

"这我完全相信，先生。"得到水田的暗示，少妇好像坚定了信心，"那就长话短说。先生，我开车撞死了一头猪，就是那种有名的野猪。""野猪？"水田追问道，"是不当心的吧？这是什么时候发生的事？看来您受了刺激，心情十分不好啊。"大约是水田的话触到了对方的痛处，少妇禁不住泪水直流："这是三天前发生的事，我害怕极了，警察和记者不停地追寻我,野猪家族也不会善罢干休。我想去自首,因为是我故意撞上去的,可又有盯我梢的,我不自由,我该怎么办呢……"一个少妇在怀孕期间受到这种刺激,真是令人同情,看来病因是很明显的了。水田打断了对方的陈述,说:"就算是您故意撞上去的,可这顶多是一起交通事故嘛,您觉得有人盯梢,也许这只是一种幻觉……""不,先生,这不是幻觉!"这回轮到少妇打断医生了,"这一切都是真的。野猪的徒子徒孙们在盯我的梢,我不愿意就这么死去。三天来我离家出走,换了几家旅馆,可仍然吃不好,睡不着。寒冬腊月戴着墨镜就是怕人认出我来,我……"讲到这里,少妇伤心得泣不成声。水田觉得对少妇来说,当务之急是先要让她休息好,设法让她睡上一觉,其他的,待复诊时再慢慢开导不迟。

　　水田若有所思地站起身来,一边踱着方步,一边慢条斯理地对少妇说:"为您和您未来的孩子着想,我认为有两点值得您参考。"水田发觉少妇正全神贯注地听着,便稍稍提高嗓门,"第一,建议您先睡上一觉,我这里有常用的镇静剂,效果不错,您不妨带回旅馆去试一试;至于第二点嘛,是希望您拿出生活的勇气来。您刚才提到是自己开车撞上去的,不是吗,生活中就需要这股子劲,烦恼会解脱的,您不妨再试试!"水田的话音刚落,少妇就迫不及待地反问道:"您是说,您能谅解我的行为,并让我勇敢地去应付一切,是这样吗?"水田毫不犹豫地接上去:"完全正确!药物的作用只是暂时的。"他感到少妇的双眼一亮,就又补充了一句,"关键是勇气和决心。"水田想不到自己这番话会有那么大的力量,只见少妇一跃而起,激动地大声说道:"先生,我懂了!我真的明白您的用意了!谢谢您,请先生恭候我的佳音吧!"少妇兴奋地嚷着,并伸手从鳄鱼拎包里拿出一个沉甸甸的信封来,"这是给您的报酬,请不必客气。先生唤醒了我的勇气，这是用钱报答不了的。"水田当然知道信封里放的是什么，这类神经兮兮的贵妇出手照例是不低的。

第二天，水田医生用早餐时翻开报纸一看，几乎在每份报纸的本地新闻栏目里都登载了这样的报道：昨天傍晚，一名戴墨镜的女人开车冲向围追堵截她的五名歹徒乘坐的车辆，造成一死四伤的结果。据查，这伙歹徒与几天前死于一场交通事故的主犯属于同一个贩毒团伙，那个主犯正是该女人的丈夫，绰号叫"野猪"，他长期欺骗了这个女人，当她怀孕后又想甩了她。现在，该女人安然无恙，令闻讯赶来的警察惊叹不已云云。更有一份报纸，套红的标题是："身怀六甲美少妇，勇气十足斗暴徒。"

(小　林　编译)
(题图：李　加)

天机不可泄露

发财绝招

王麻这个人，长相不怎么样，小眼小脑瓜，可人却特机灵，成天想找个窍门发一笔横财。有一天，他在一座坟头上见到一片黑蘑菇，采了一个尝尝，不一会，只觉得头重脚轻，栽倒在地，死了。没想到一天之后，他居然活了过来。他想这是咋回事？就又吃了三个，又死了。三天后，他又活过来了。王麻大喜，暗想：哈，这是老天爷给我发财的机会，我得好好利用。这个秘密他没告诉任何人，也没告诉妻子。他采了很多黑蘑菇，回家后，对妻子说："跟我出趟门，发笔财回来。"妻子问："你凭啥发财？"王麻说："天机不可泄露，你只管看我发财吧。"

几天后，王麻带着妻子上路了，两人一路上走走停停，停停走走，寻找发财的地方,不知不觉走了一个多月,来到了百鸟寨。

这百鸟寨是个有一百多户人家的山村,村前村后的山坡上有很多外地老板在这里开煤窑。王麻山前山后兜了一圈,对妻子说:"我们在这儿住下,可以发笔财。"妻子迷惘地望望王麻,不知他有何高招发财。

王麻和妻子借住在百鸟寨一个叫老憨的家里。

老憨四十多岁,是个光棍。他为人诚实善良,是个人家问啥他答啥、人家叫他干啥他干啥、人家说啥他信啥的忠厚老实人。

王麻问老憨:"外地老板到百鸟寨来开煤窑,都发财了吧?"

老憨告诉王麻,有的老板开煤窑发了财,有的亏了本。他还告诉王麻,百鸟寨的人这几年靠外地老板来这儿开煤窑,家家户户都有钱,老憨天天给人挖煤,家里也存了好几万。

王麻喜在心里,他一本正经地对老憨说:"我也是到这里来开煤窑的。我想聘请你当助手,选窑口,怎么样?"老憨很高兴,也很认真,他和王麻在村前的山坡上忙了好几天,终于定好了窑口。接着老憨带着十多个人往山坡里挖地洞,王麻给每个做工的人按月发工资。第一个月他付了工资。到第二个月,地洞掏了十多米深,出了黑土,但没煤。眼看到了月底,照例要发工资了。王麻对老憨说:"老哥,兄弟我想跟你商量个事,我出门时只带一万块,你把家里钱暂借给我,等出了煤我还给你,还付你高利息。我家有钱,可存了死期,一时拿不出来,不过我还有一栋房子,值三十万呢,你放一百个心。兄弟我不会诓你的。"

老憨听了,二话没说,就把他这些年挣的血汗钱全部掏给了王麻。王麻买了发电机组,安装在窑洞口。一天到晚"咚咚"响,洞里牵着灯泡儿一大串,亮堂堂的,挖洞的人干得热火朝天。

又过了一个月,洞里仍只出黑土没出煤。王麻又对老憨说:"老哥,你再帮兄弟个忙，帮我在村里借几十万。洞里一旦出煤，我马上连本带息一次清；万一不出煤，我回家把房子卖了还钱。"

老憨依旧二话没说，带着王麻挨家挨户借钱。百鸟寨的人都不相信外乡人王麻，但相信本村的老憨。他们也不多贷，每家顶多给五千。王麻打了条子，村里人还要老憨作担保。老憨很认真地在每张欠条上签上大名。

几天后，王麻连妻子也没告诉，偷偷把二十万寄回老家。

这天晚上，王麻立在窑洞口看民工挑黑土。看着看着，他突然捂着肚子，"哎哟哎哟"呻吟起来。老憨慌忙问他："王老板，你怎么啦？"王麻说："肚子疼，哎哟，疼死我啦！"老憨忙扶他回家上床，又请来郎中给他治病，郎中摸不准王麻到底为啥肚子疼，就给打了止疼针，给了一包中草药就走了。

半夜里，王麻妻给王麻喂药汤。王麻装模作样地对妻子说："我恐怕活不长了。我死后，你用棺材把我装好，送我回老家。一定要记住哇！"

王麻妻说："开什么玩笑呢，肚子疼就说死！"

王麻知道妻子为人，不敢把这场骗局告诉她。他再三叮嘱妻子千万要把他装进棺材送回老家后，就偷偷吃了三个黑蘑菇。

五更时，王麻妻发现王麻又冷又硬，成了死尸，吓得"哇"地哭喊起来。老憨闻声冲进房间，见王麻面色惨白死了。百鸟寨向王麻放了款的人都拥到老憨家，挤到王麻的床前，按按王麻的脉，再摸摸王麻的胸口，一个个气得捶胸顿足。

老憨呆了半晌，说："昨天喊肚疼，还看了郎中，怎么说死就死啦？"

这时，村治保主任张果急匆匆赶来了。他瞅瞅王麻无血色的脸，说："是不是郎中下错药？报案！"

很快,县公安局的警车"呜——"地开到百鸟寨。郎中被软禁了起来。法医给王麻作鉴定。公安局把郎中开给王麻的草药拿到城里化验,结果没事!公安局的人对村治保主任张果说:"王麻是正常死亡,装棺材。"

王麻被装进一口黑漆木棺里。王麻妻趴在棺材背上哭得死去活来:"我的天哩,在家活得好好的,干吗出门发什么财,开什么煤窑,命没了,啥都没了,呜……"王麻妻哭得伤心,哭干了眼泪,忽然想起王麻在临死前跟她说的话,就停止哭泣,收拾一番,准备把死王麻送回老家。

张果盯着王麻妻两眼不停地在转,他也贷给王麻五千块钱。他想王麻突然死了,王麻妻再一走,那钱岂不打了水漂?他走过来对王麻妻说:"你慢走,我们债主研究一下王麻的后事。"

死人复活

几十个债主,把老憨、王麻妻和棺材里的王麻团团围住。大家像斗地主一样斗老憨:"老憨,当初你做担保人,现在拿钱来呀?我们的钱来之不易,是给人家卖苦力换来的血汗钱呀!"

老憨可怜兮兮地看着王麻妻:"老板娘,王老板贷的款还没花完吧?他放在哪儿?"

王麻妻只知道王麻向百鸟寨的人借了债,具体借多少,她一概不知。债主们便掏出条子,一家一家加起来,一共二十八万。王麻妻傻了眼,开煤窑绝对没花二十八万。王麻妻摇着棺材里的王麻哭道:"死鬼呀,你贷这多款?你把钱放在哪儿?告诉我吧!"张果发动债主们在王麻住处寻找,把房东老憨家翻个底朝天,哪有巨款的影子?张果问王麻妻:"你老家有些什么财产?"王麻妻说,家里一万元钱让王麻带来开煤窑,老家只有两间土砖墙破屋。

老憨一愣："不对，王老板生前告诉我了，你家的房子是小洋楼，值几十万！"

王麻妻说："你们不信，可跟我去看。"

张果和债主们研究一番，最后做出三项决定：一、王麻妻作人质扣押在老憨家，她的人身安全由老憨全盘负责；二、张果护送死王麻回老家，并调查王麻的家产；三、如果王麻家没偿还能力，等张果回来后，大家再在老憨和王麻妻身上做文章。

王麻妻泪水涟涟被软禁在老憨家，张果负责送王麻的棺材回老家。张果坐在大篷车上，司机是外地人，瞪着眼开夜车。

半夜时，王麻在棺材里活过来了。他打个哈欠，伸伸懒腰，用手捶捶棺壁，嚷道："老婆，把棺材盖打开！"

这时张果歪靠在棺材边打瞌睡，忽然听得棺材里有响动，吓得睡意全消，背脊淌着冷汗。

王麻见没人揭棺盖，就跷起脚蹬棺盖，蹬了几下，棺盖开了，王麻伸出两只大脚。张果不愧是治保主任，麻着胆子扑上去，抱住王麻的脚，将王麻倒提起来，吼道："王麻，你这活鬼！"王麻看不清是谁，吓出一身汗，结结巴巴地说："好汉，请把我放下，有话好说。"

张果不敢放下王麻，只是紧张地喊司机停车到后车厢里来帮他。可是司机看见死人活过来了，吓得丢了车，跑到远远的地方站着，哪敢过来？

王麻求道："好汉，放下我吧！我是人，不是鬼！"张果睁大眼睛，确定自己没看错，这才放下王麻。王麻见是百鸟寨村治保主任张果，就拍拍他的肩膀，嘿嘿一笑，道："张主任，咱们去路边餐馆喝一杯，我三天没吃饭,肚子饿得慌。"

张果和王麻从车厢里跳下来,朝不远处的一家"龙门客栈"走去。张果要司机一起去,可司机说什么也不去喝酒,只想张果付一半运费他好走人。王麻朝司机把眼一瞪:"要钱没有,要命有一条!"司机也奈何不了这刚活过来的死鬼,只得拖了那口空棺材跑了。

张果和王麻进了"龙门客栈"。张果要了一个单间雅座,点了几道好菜,与王麻一同享受,两人把盏对饮,三杯下肚,张果哈哈大笑:"王老板,没想到你死而复生,你欠我们百鸟寨人的钱就少不了一分啦!"

王麻瞪起一双小眼,故作惊愕地说:"我欠你们百鸟寨人钱?我怎么一点儿记不起来呢?"他边说边用手拍拍脑门,好像失去了记忆似的。

张果端着酒杯盯着王麻看了一会,冷笑道:"王老板,你诓老憨,诓百鸟寨其他人,但你别欺我们百鸟寨没人!我劝你别再耍花招了,今夜在这儿住一宿,明天一早就跟我回百鸟寨。"

王麻虽来百鸟寨时间不长,但对这个治保主任却一清二楚:是个人精,见钱眼开!

王麻小眼睛转了几转,打着哈哈说:"张主任,你说我欠那么多钱,就是剥光我的皮也还不起。但欠你的钱我想办法还,不但还,而且只要你回家后,向债主们说我已火化了,我奖你五千;假如你把我老婆弄出来,我再奖你五千。这交易不错吧,愿意成交,咱就干怎么样?"张果想了好一会儿,端起酒杯:"王老板,只要你说话兑现,咱们干!"

当夜,王麻还给张果要了个暗娼。安顿了张果后,王麻就给老家的弟弟打电话说他在外发了一笔财,近两天有张二十万的汇款单汇回家。他让弟弟先借他两万坐包车送到"龙门客栈"。

第二天上午,王麻的弟弟果然坐了包车送钱来了。王麻甩给张果一万五千元。张果把钱数了数,装进口袋,十分激动地握着王麻的手说:"王老板,你这人够义气,讲信誉,我愿为你效犬马之劳!"王麻"嘿嘿"一笑:"礼尚往来!我在'龙门客栈'等你把我老婆送来。你回去后千万莫告诉她我活着。"

张果说声"知道",就匆匆赶回百鸟寨营救王麻的妻子去了。

妻被扣押

张果装出一副垂头丧气的样子回到百鸟寨,债主们立即围过来打探消息。张果连连摇头说:"没治了,王老板家只有两间破屋,我们就是拆了卖掉,还抵不了盘缠。王老板已火化了,成了一捧灰。唉,'人死债烂',算了,大伙花钱买教训吧。"

债主们哪肯算了,立即冲进老憨家,把老憨和王麻妻团团围住,七嘴八舌追问索讨。老憨蹲在地上,懊悔得直淌冷汗。王麻妻坐在地上哭成泪人。

张果瞅瞅王麻妻,揉红了眼,挤出几滴泪,对债主们叹口气说:"唉,这个女人真可怜,我看把她放回家算了吧?她丈夫把我们的钱花光了,留她何用?如果她是一头牛,我们轮流犁田;如果是只羊,杀了,每家分几斤肉。可惜她是个人,只有放了。"

债主们不同意张果的看法,正因为她是个人,才扣押下来,不还钱,甭想放人!于是债主们轮流在老憨家大门口站岗放哨,日夜巡逻,生怕王麻妻从老憨家逃了。

张果说:"你们这种做法是违法行为,我在村里搞治安,这事我得管!"

放不放王妻，村里人分成两派，双方僵持不下，闹得鸡飞狗跳。这时，村长出来调停了。村长没借钱给王麻，但他发表了重要讲话："放不放王麻老婆，这事本来与我无关，但这事发生在百鸟寨，因为我是村长，不管不行。本村长认为王麻死了，烧成灰了，王麻老婆就成了寡妇，寡妇可以再嫁人，嫁东是嫁，嫁西也是嫁，反正是个嫁，就嫁到百鸟寨吧。往后谁也不许说扣压人质，那是犯法的。把她留下来嫁人，就合法了，还是成人之美，爱的奉献，大家听明白了？"村长说到这儿，扶正鸭舌帽，瞟瞟债主们。

债主们立即答道："村长，我们明白了！"从此债主们的婆娘接二连三上老憨家，劝王麻妻留下来嫁人。嫁给谁呢？就嫁给老憨吧！老憨这人心肠好，给王麻担保贷这么多款，王麻死了，她嫁给老憨也应该。

王麻妻一下转不过弯，抹着泪哭道："我想回家看看我那死鬼的骨灰。"这个要求本不过分，但债主们仍不放她，动员治保主任去王麻老家拿骨灰。张果见王麻妻很难离开百鸟寨，只得硬着头皮赶到"龙门客栈"与王麻会面。

这几天，王麻在客栈正与暗娼快活，见张果一个人来了，十分恼火地说："张主任，我老婆呢？"

张果就把村里的形势一五一十禀告王麻："债主们都不肯放你老婆，我不敢犯众怒。现在村长又拍了板，很可能叫老憨娶你老婆……"王麻脑袋顿时嗡嗡作响。王麻问张果："我老婆是个烈妇，她愿嫁老憨？"张果说："你既已死了，她当然嫁人哪。她才三十岁，我看她样子，好像情愿嫁老憨。"

王麻歪歪嘴，怔了半晌后，愤然骂道："这个臭婆娘，我算是看穿她了！我才死几天？她居然要嫁人。好吧，让她嫁老憨，我在百鸟寨人眼里已是鬼魂，不好去要她，算了。"

暗娼在王麻耳边软语呢喃道："王老板，你老婆嫁人了，若不嫌弃我，我愿做你妻子。"

王麻一咧牙，拍拍她的屁股说："好。"于是，他带着那女人准备离开"龙门客栈"。张果说："王老板，我为你的事跑来跑去的，赏些钱吧？"王麻不高兴地说："给你的钱不少了，还要钱？"张果说："只给两千就行。你不给，我回百鸟寨，给债主们说你活着，怎么样？"王麻怕了，只好又甩了两千。张果又要买骨灰盒的钱，王麻又给了五百元。两人就此分手，各走各的阳关道。

张果花了一百元从一个木匠那里买个便宜的骨灰盒，在盒里装些木炭灰，抱回百鸟寨，交给王麻妻。

王麻妻搂着骨灰盒，哭得死去活来。老憨见她哭得伤心，也陪在一旁抹眼泪。

王麻妻哭了几天，叫老憨把骨灰盒埋在没出煤的窑边，老憨还给王麻修了一座坟。王麻妻披麻戴孝，天天跪在王麻坟前烧纸、送饭。待到七七四十九天过去，王麻妻在债主们的劝说下，嫁给了老憨。

代人受过

老憨娶了王麻的妻子，百鸟寨的债主们偷偷地乐了。他们认为老憨这一辈子也还不清二十八万的沉重债务，但他娶了妻，就会生儿子，父债子还，只要承认债务，一代一代还下去。老憨也认为是这个理，他挨家挨户上债主家，把欠条上王麻的名字划了，改成自己的名字。讲到借款利息，债主们说："老憨，当初，如果王麻开窑发了财，我们一定会要利息，现在只要你还个本就行了。"老憨感动得双手发抖，感谢债主们的宽容。

王麻的妻子结婚七八年，从没生育，没料到嫁给老憨不久，她的肚子竟鼓起来了。十月怀胎后，她生下一个胖男孩。债主们都爱这个孩子，大家纷纷送礼，到老憨家大块吃肉，大碗喝酒祝贺。老憨办完孩子的满月酒，发现债主们送的礼除去酒席钱，还多余一千多。老憨妻说："你买些鸡崽羊崽，我来养。"

老憨妻养鸡放羊，老憨到外地老板开的煤窑卖苦力。他每天干十六个小时活，驮着两百斤重的煤从几十米深的煤洞里往上一步一步地爬。他累得佝偻着腰，瘦得像只猴精。

债主们见了心疼了，劝道："老憨，别把自己累垮了。欠我们的钱莫急，我们不逼你。你还不清，到时叫你儿子还给我的儿子，慢慢来。"

老憨回家后，泪流满面搂着小毛虫一样的儿子，喃喃道：世人生儿子为了防老、接代，哪有生儿子还债？老憨妻听了也哭。为了不让儿子替他们还债，老憨和妻子拼命干。老憨妻编个藤篓，把儿子背着，一天到晚在山坡上放羊。

一年后，老憨赚了两万。他给每个债主家送了五百元，张果也收了五百。老憨和妻子吁了口气。他们算了一下账，根据这个进度还债，二十八万只要十四年就可还清。到那时，他们的儿子就是个无债一身轻的翩翩少年了！

还两万元债的这一天，老憨带着妻儿上王麻的坟。他给王麻烧些纸钱，说："王麻兄弟，我会把你欠下的债还清，你在土里安息吧！"

就在夫妻俩烧纸的时候，刚刚学会走路的孩子却离开大人的身边，摇摇晃晃地朝坟边的窑洞口走去。来到洞口，他不敢再走下去，只是趴在洞口，瞪着乌溜溜的大眼向里望去。忽然，一个很怪的动物从洞里往外爬，它盯着洞口的孩子，慢慢把头缩回去，钻进洞里去了。孩子"呀呀"地叫唤起来，老憨立即跑过来，孩子对他爹"咿呀咿呀"叫着，还用小手指着窑洞。

这是王麻开的窑洞，因为王麻莫名其妙地"死了"，大家都认为这是个很不吉利的窑洞，所以一直没人进去。老憨见孩子用手指着洞不停地叫唤，觉得很奇怪，就提着马灯，拿着一把短柄铁镢钻进洞，一步一步朝洞底摸去。他走到洞底，看见有个像是动物打的小洞。他用镢柄插进去掏了掏，洞内忽地蹿出一只穿山甲，把老憨撞了个仰八叉，逃了。老憨从地上爬起来，用马灯照洞口，见洞口堆着穿山甲扒出来的黑色粉末闪闪发光，他抓了一把，走出洞外，仔细一看，顿时惊喜地大叫一声："天呵，这窑洞里有煤！"

老憨妻接过老憨手上的煤粉，双手搓搓，"扑通"跪下，仰着脸，淌着泪："老天爷，您一定是可怜我们背一身债，就赐一个煤窑吧？"

老憨和妻子在窑洞口哭成一团。

债主们听说王麻开的窑洞让穿山甲打出了煤，手舞足蹈奔来了。

张果也赶来了，见窑洞里真的出了煤，他一愣一愣地说："这煤窑的主人死了，它属于谁？属村里的吧？"债主们说："应该归老憨！"村长赶来了，他扶一下鸭舌帽，在煤洞口走了几圈，说："这煤窑理应归王麻，可惜王麻死了。老憨扛王麻的债务，王麻的老婆又嫁给了老憨，按理来说，现在这煤窑归老憨！"村长重重拍了一下老憨的肩，"老憨，开采吧，你是窑主。"

老憨做了窑主，请了二十多个人挖煤。这煤窑的煤质也好，挖出来就卖了，卖的钱就还债。老憨妻再不用养鸡放羊，而是到煤窑给做工的人煮饭，老憨负责挖煤销煤，屁股上挂个手机跟煤贩子联络，很像回事儿。

张果也到老憨窑上来打工。他说他不愿下煤窑挑煤，要做保安，在窑口站着，转转，开口要月工资八百元。老憨妻觉得这煤窑不需要保安，死也不答应。这下没把张果气昏过去，决定找个活鬼给她瞧瞧。

卷土重来

张果千里迢迢来到王麻老家找王麻。村里人告诉张果："两年多前王麻死在外乡，老婆嫁人了。"

原来，王麻离开"龙门客栈"后，就没回家乡，他叫弟弟回村后，散布谣言，说他死了。张果想了想，便打听好王麻弟弟的住家，找上门来。王麻弟弟在"龙门客栈"见过张果，知道他俩是老搭档，便告诉王麻的真正下落。

王麻与那个暗娼住在省城，暗娼做了王麻后妻。两人买了一套商品房，天天吃香喝辣，逛逛大街，逍遥自在。但坐吃山空，如今王麻口袋瘪了，这几天正在家里酝酿准备再做一笔生意，张果送财源来了。

张果一见王麻，紧紧握手后，说："王麻老弟，我说你这人哪鼠目寸光，你没想到吧，你开的那个煤窑不得了啦! 煤山煤海，老憨发大财啦! 才半年工夫，老憨把你欠的一屁股债都还清了，现在赚的就全落到老憨的腰包。据我看，不上几年，老憨就是百万富翁!"

王麻惊得小眼睛珠子弹出："真的?"

张果说："骗你就是一只狗!"

王麻追悔莫及。假如当年真心开煤窑，现在就成了百万富翁，这好事岂能轮到老憨头上?他得知张果来找他的目的,立即表示:"张主任,你若帮我夺回煤窑,往后煤窑有你一半!"

张果大喜:"我知道王老弟说话讲信誉,我跟你出个好计谋……"

两天后,张果回到百鸟寨,就在村巷里大呼小叫嚷开了:"真是撞见活鬼了!撞见活鬼了!"

村里人忙问是咋回事,张果抹着一脸虚汗说:"真让人害怕。这次出门,碰到一个蓬头垢面的乞丐,他伸手向我讨钱。我掏出一元硬币递给他,再一看他的脸,天哪!可把我吓傻了。乡亲们,你知道这乞丐是谁?""是谁?""天!他是死了的王麻!"

围观的人听了"啊"了一声:"他做鬼向你讨钱?"

张果摇摇头,说:"他没有死!他活着!真是太蹊跷了。那次我送他回老家后,他一直躺在棺材里。第二次大家叫我去他家拿骨灰,我嫌路远,半路上买个骨灰盒回村。我想反正王麻死了,我只想把他老婆留在咱们村,谁晓得王麻活过来了。"

百鸟寨的人听得一愣一愣的。大家半信半疑,都叫老憨妻去前夫家看看。反正老憨已把债务还清,谁也不怕老憨妻跑了。

老憨妻听说王麻还活着,做了乞丐,呆了。老憨同意妻子去找乞丐王麻。老憨妻刚出村关,就看见大路边有个乞丐。只见他拄拐杖,打赤脚,衣衫褴褛,满脸污黑,眼睛一轮一轮地转动。老憨妻捏把汗走过去,久久地打量着乞丐,终于失声叫道:"王麻!"顿时昏倒在地。

王麻也哭着:"老婆呀!"喊罢他也闭着眼,倒在地上。

百鸟寨的人听说王麻和老憨妻都昏倒在村边的大路上,立即告知老憨。老憨慌忙带了几个在窑上做工的人赶来,把王麻和妻子抬回家。

一会儿,两个人都醒过来了,老憨妻不停地抹着泪水。百鸟寨的人都惊诧地围着王麻看,不知他是人,还是鬼。王麻装模作样,哭哭啼啼,告诉百鸟寨的人:他的尸体运回家后,正准备火化,他就活过来了。当时身上没有一点力气,大脑也失去了记忆,过了半年,他才复原。他本想再到百鸟寨来,但听说妻子嫁给房东老憨了,自己又欠百鸟寨人的钱,就没脸来了。百鸟寨人听了王麻一席话,心里很不是滋味。现在,老憨把王麻欠的债还清了,百鸟寨的人也不恨王麻,见王麻沦为乞丐,还产生了几分同情心呢。

老憨把王麻留在家里,给他换上新衣服,老憨妻还给王麻做了很多好吃的菜,王麻又在老憨家住下了。晚上他见老憨夫妻进了东厢房,心里禁不住有点泛酸,但一想此次来的目的,那酸味马上消失了。

第二天,张果悄悄对王麻说:"第一步由鬼变成人,成功了。下一步就是夺煤窑了。"

狼狈为奸

王麻一连几天待在老憨家,愁眉苦脸,一副寄人篱下的样子。老憨妻见了与老憨一说,就拿了一万块钱给王麻,叫他回老家。王麻哭哭啼啼地说:"老婆呀,一日夫妻百日恩,我才瞧不起一万块钱!金钱如粪土,我想你跟我回家。"老憨妻为难了,现在她跟老憨结了婚,还生了儿子,再说,她觉得老憨勤劳,心眼好,远远胜过王麻,打心里她打算跟老憨过一辈子,可王麻与自己毕竟是结发夫妻啊!怎么办?

百鸟寨的人都为老憨妻着急,前夫死而复生,要她回老家,咋办好呢?张果则趁机在村里煽阴风,说:"老憨这人太过分了,王麻没死,他霸了王麻妻,又霸了王麻的煤窑。两样只能选一样。不然,王麻太亏了。

我们不要以为王麻是外乡人就欺负人。我是村里治保主任，这事儿我得管！"

老憨听了张果的话，闷着不吭声，心想：我老憨霸占人家的妻和窑了么？

张果见老憨不表态，就找村长。他危言耸听地说，这事如搞得不好，王麻想不通，就会在百鸟寨上吊，出了人命，他治保主任可负不了这个责任！希望村长出面处理这事。

村长想来想去，觉得这事很伤脑筋。

张果说："村长，老憨不交出妻子，就得交出煤窑，二者必居其一，不能两件好事儿全让他占了。"

村长说："王麻愿要哪一种？"

张果对村长说，王麻这人办事灵活机动，会做人。他是个外乡人，他开煤窑，少不了当地干部的好处。村长说："我这人喜欢兑个现。"

张果就去跟王麻商量，让村长做老憨工作，但得付给村长两万好处费。王麻说他手上没一分钱，叫张果先垫上，账记到他头上。张果一想到煤窑天天出煤，只要把煤窑夺来了，什么都好说。他回家拿了两万，送给村长。

村长摆摆手说："先莫慌，我去问问老憨，等他同意了，到时煤窑有我一个股份就行。"村长要得三分之一的股份，张果和王麻虽觉得村长心太黑，但只好答应。

村长得到满足，当即披着衣服，叉着腰，胳膊把后衣襟撑得高高的来找老憨，说："老憨，你和王麻之间的私事本来与我无关，但这事发生在百鸟寨，因为我是村长，所以要管一管。我办事素来公平合理。你的妻子本来是王麻的妻子，你的窑本来是王麻的窑，两样都让你占了。

假如王麻真的死了，你白捡，我没半个屁放，问题是王麻又活了。我建议两样你任选一样，你挑一挑吧，老婆和煤窑你挑哪一样？"

老憨觉得两个他都想要，但只能挑选一个，他就说："村长，我要老婆。"

村长立即"啪"地一拍桌子："好！人是第一宝贵的！老憨，你眼睛看得准。"村长接着缩回手，从后襟下伸出来，朝立在一旁的张果勾动指头。张果忙把两叠百元大钞塞进村长的后襟里。村长把头扭向王麻，吼叫道："王麻，你这个死鬼，谁叫你死一次呢？你妻子落入人家手里，也是罪有应得！老憨不肯把会生儿子的老婆还给你，只给你一座煤窑，你自作自受去吧！"

老憨妻偷偷瞟王麻，见王麻偷偷乐着，她站出来说话了："王麻，煤窑给你也行。但这两年多来，我和老憨拼死拼活给你还债，刚把债还清，你就把煤窑拿去了。就算这两年我和老憨给你卖工吧，也得给咱五万辛劳费！"

王麻说没钱，老憨妻就不交出煤窑。村长觉得不能因小失大，立即从后襟里抽出两万，往桌上一拍说："给你两万！张主任，你再送三万给老憨。这账都算到王麻头上。"王麻一口应承，并打了欠条。

第二天，王麻当窑主了，还杀价把老憨屁股上的手机买了下来。王麻买下手机后，马上给后妻打个电话说："快来，煤窑到手了！"

苍天有眼

王麻成了窑主，没忙挖煤，他首先把窑洞边的坟给荡平，尔后举行一个剪彩仪式。暗地里各占三分之一股的村长和治保主任，也忙得不亦乐乎。他们请来了乡里一些头儿脑儿们来剪彩。王麻又特意把匆匆赶来的漂亮后妻介绍给大家，说她是他请来的煤炭公司的公关部经理。如此闹腾了一整天，看那排场，倒像是那么回事呢。

煤窑开工的第一天，老憨就到窑里来打工了。他在窑里一连干了几天，发觉窑里的煤越来越少，不到一星期，煤没了，挖出来的净是黑土。

这事立即传开，在百鸟寨一带开煤窑的老板到王麻煤窑里参观，他们边看边议论：这儿全是小煤窑，贮量很少，这种现象过去也有过，只有打一枪换个地方，他们建议王麻重新再开一个煤窑。

王麻傻了眼。村长没投资，只后悔不该把张果塞给他的两万块钱给了老憨。张果心疼得直跳脚，对王麻说："你这口窑我不参加股份了，你穷了发了，我一概不管，你把五万块钱还给我。"王麻嘴上没说心里想：我一分钱也没拿你的，你钱给了老憨，要我还？哼……

张果见王麻不吭声，吼道："你白纸黑字写了条子，不还钱，我打断你的腿！你就是死了，我到你家去卖你房子！"

王麻答应卖房子还钱。他打发后妻回家卖房子，悄悄对她说："你把房子卖了，钱藏好，我再想出绝招逃出百鸟寨。假如张果把我装进棺材送回家，你见了，不要哭，不要把我送到火葬场，我会慢慢活过来的。"

王麻后妻听后，惊愕不已："你装棺材？还活过来？"

王麻说："天机不可泄露。你只要记住我的话就行了！"

张果见王麻把他后妻打发走了，怕他也逃走，就天天跟着王麻，晚上睡觉也睡在一起。有天晚上，王麻吃了六只黑蘑菇。他想吃三只蘑菇，三天后就会活过来，狡猾的张果护送棺材准会吸取上次教训，一直守在他身边。为了甩掉张果，就多吃了三只蘑菇。王麻六只蘑菇下肚后，就舒舒服服地躺在张果身边。半夜时，张果发现王麻身上冰凉，一摸，硬邦邦的。他吓得一下跳了起来。百鸟寨很多人赶来围观，大家再没上次那么惊慌，个个异口同声地说："留他三天，说不定活过来了哩！"

三天过去了，王麻仍舒舒服服地躺着。

张果忍不住给王麻后妻打电话说："王麻死了，你快来。"张果心里盘算着，只要王麻后妻来了，就把她扣押下来，还愁五万元不到手！

王麻的后妻"咯咯咯咯"一阵大笑后说："张主任，你别骗我，我回家前，他好好的，怎么会死呢？你把他送回家，我给你五万。"

张果怕有诈，立即说："不行。你把钱送来，把王麻尸体运回去。"

王麻后妻一怔："王麻真的死啦？"张果急道："我骗你是只狗！"对方半天没声音。张果说："喂！你说话呀！"对方"嗒"地挂上电话。

张果没日没夜打电话，没人接。又过了两天，有个男人接电话，说："那个女人把房子卖给我了。刚才我在大街上碰到那个女人，她跟一个男人去坐咖啡馆，不知是不是她丈夫王麻……"张果一听，双腿发软，坐在地上。

第六天早上，王麻仍躺在床上没动静。张果估计王麻再也活不过来，他也不想花钱给王麻装棺材，准备把王麻扛到一个山凹洞里喂野狗。还是村长看不过去，跑到老憨家，对老憨妻说："王麻的事本来与我无关，这事发生在我村里，因为我是村长，不管不行。你是王麻前妻，把他送到城里火化了吧，买个骨灰盒，一共才几百块钱。要知道，人家白送你五万呢。"

老憨和他妻子把王麻送到火葬场，张果也跟着去了，他希望王麻在火葬场活过来。

王麻被火化工塞进火化炉里，"咣当"关上炉门。"呼"的一声，炉里顿时火光闪耀，张果在火化炉边弯着腰从炉缝里瞅王麻，忽然他见王麻猛地坐起来，双手一举，张着嘴巴想喊，但嘴巴里立即塞满火苗。张果急忙对火化工嚷道："师傅，不得了，王麻活了！"

火化工从炉门缝里往里瞅瞅，见王麻衣服已被烧光了，皮肉已着火了，王麻扭曲着身子，双手举着，像燃烧着的两根木棍。火化工一声叹息，对张果说："像这种死鬼我见得多了，进了火化炉，突然坐起来，举着手。可惜进了炉子，举手投降已晚了。"

张果一颤一颤地说："师傅，这是为啥呢？"

火化工对张果嘿嘿一笑："天机不可泄露。"

（范国清）
（题图：杨宏富）

世间太多事是没有道理可讲的,聆听一个充满善意的谎言,你在微笑,我却哭了……

世间·颠倒记

shijian diandaoji

抖官威

张猛刚从邻县调来,巧得很,一下车,正好赶上县政府机关队和乡镇队争夺篮球冠亚军赛。张猛是个球迷,哪肯轻易放弃这个大显身手的好机会?他便主动要求代表机关队上场打中锋。

一上场,张猛接连进了三个三分球,于是,他立刻被乡镇队的一个小伙子给粘住了,很难再施身手。张猛脸上挂不住了,他吓唬道:"把领导防这么严,难道不想进步了?"

小伙子听了,不由一愣,张猛乘势投了一个三分球,场内外一片欢呼声。这时,乡镇队叫暂停,要求换人,换上来的是一个中年人。那中年人的球技比刚才的小伙子还厉害,一上场,立马把张猛粘住了。张猛故伎重演,一边打球一边套近乎:"老伙计,叫啥名?哪个乡的?"

中年人不回答,只顾抢张猛手里的球,很快就把球给抢走了。

张猛随即追了上去,在中年人后面说:"跟领导抢球,不想进步了?"

中年人说:"我们队长说了,你再吓唬也没用,就是不告诉你名字,反正你也不认识我,先把冠军抢到手再说!"

张猛猛然一个闪念:何不亮出自己的真实身份吓唬这家伙一下,把球抢回来?于是他说:"我是新来的组织部长,你是不想进步了?"

中年人也不客气地回敬张猛:"组织部长想让别人进步,也必须经过我县委书记这一关!"

县委书记?张猛愣了一下,随即"哈哈"一笑:"县委书记怎么会帮乡镇队比赛?"

中年人说:"我在乡下蹲点,当然要帮他们打球!"

张猛听了特郁闷,没想到今天抖威风抖到顶头上司面前来了,我的妈呀,这球还怎么打?

(高 荣)
(题图:包丰一)

愤怒的伙计

一天晚上，一个顾客走进一家酒吧，向吧台上的侍者要杯啤酒。

伙计答应了一声，倒了满满一杯啤酒递给他，一边说："先生，你的啤酒一分钱一杯。"

"什么？多少钱？"顾客吃惊地问。

"一分钱一杯。"侍者重复了一遍。

"只要一分钱？"顾客疑惑不解地举起手里的啤酒杯，在灯光下端详了半天看不出什么毛病，又喝了一小口，觉得味道也没有什么不对，他看了一眼侍者，确信对方没有在开玩笑，想了想，说："那再给我来一份上等的小牛排，烤三成熟，配上薯片、青豆和色拉。"

侍者说："没问题，先生，不过那要贵一些了。"

"多少钱?"顾客忙问。

"四分。"侍者回答,

"天哪!"顾客再也忍不住了,惊叫道,"有没有搞错!你这样卖东西不要赔死啊?你们老板在哪里?"

侍者说:"他在楼上,和我老婆在一起。"

顾客问:"和你老婆?他们在做什么?"

侍者看了他一眼,冷冷地说:"你看我怎么帮他做生意,就该知道他们都在做什么了!"

(纳　兰　编译)
(题图:李　加)

熟　人

十年前，沙川市电机厂有个 25 岁的年轻人，叫吴大明，由于能说会道，特别是会攀亲，见到有权有势的，不是他姨妈媳妇的舅舅，就是他姑父哥哥外甥的亲戚。所以，大家给了他一个绰号，叫"无不熟"。

一天，他姨妈给他介绍个对象，叫珍珍，在市工具厂工作。姑娘粉面桃腮，细皮嫩肉，论长相，没说的，正是他梦寐以求的美人。两人见面一谈，很有缘分，不仅相见恨晚，两厢情愿，而且很快如胶似漆，难舍难分。

这时，刚好电机厂分套房，两室一厅，有厨房厕所，崭崭新新，漂漂亮亮，哪个不眼红呢！由于僧多粥少，厂职代会决定：优先分给那些已经结了婚的职工。没有结婚证的，对不起，仍住集体宿舍。吴大明与珍珍一商量,既然两人情投意合,就赶紧去领结婚证吧!不想姑娘的年龄才21岁零9个月,根据有关规定,女方要年满22岁才行,所以,单位不给开证明。吴大明一听急了,再过三个月,过了这个村就没这个店,房子都是人家的了。

他知道,如今办事,三张证明,不如一个熟人。暗中一侦察,办事处发结婚证明的也姓吴,叫吴古中,是从西江市新调来的。

吴大明眼珠子一转,有了主意。这天,他和珍珍一起到了登记处,一进门就故作惊讶地说:"哎哟,吴大叔,什么时候调这里工作了?"

吴古中一听他开口跟熟人似的,可又一时实在想不起在哪儿见过,有些不好意思地开口问:"你是……"

吴大明哑巴吞萤火虫——心知肚明。本来就没见过嘛!他见吴古中的面色,晓得这第一着棋没走错,就接着说:"不记得了?真是贵人多忘事,三年前,我在西江时,不是常见面吗。"

他这样一说,吴古中倒也他乡遇故知似的,变得客气起来,只是还想不起他是谁,就问:"三年前,你也在西江?"

吴大明一看搔到痒处,赶紧趁热打铁:"对,对!仔细瞧,我姓吴。"

吴古中想了一会,恍然大悟道:"哦!你是那外号叫吴三毛的?"

"对!对!就是我。"吴大明赶忙接过话来,此刻,他甭提心里多高兴了。尽管心里知道对方认错了人,但目的就是要他认错呀。不由得意地一瞧珍珍,会心地一笑:怎么样,没费吹灰之力吧!

不料吴古中有意无意好心地问:"提前释放啦?"

吴大明一听,不由瞪了八只眼,怒气冲冲地看着吴古中,差点没破口大骂。

吴古中一看苗头不对:"怎么,你不是因为强奸幼女被判刑八年,在新生煤矿劳改吗? 我三年前是那里的看守呀。"

"啊!""啪",吴大明挨了珍珍一记耳光,眼睁睁看她夺门而去……

(邱开文)

(题图:李　加)

眼见为虚

四叔没读过书,属于村人所说的那种"睁眼瞎"。年轻时去市里办过一回没成色事,现在提起来还脸红。

那回四叔要去市里,小队会计说钢笔坏了,托他捎个"英雄"牌钢笔。四叔是个热心人,一下车,自己的事八字还没见撇,就一路直奔百货大楼给会计买笔。买好笔,四叔插进上衣,然后才去办自己的事。出百货大楼不远,四叔忽然小肚子一阵发紧,情知不妙,于是睁大眼睛,四下里找厕所,可是市里头的厕所不是说有就有的。他在大街上遍寻不见,就拐入一个小胡同,没走几步,眼前一亮,发现前面不远处就有个厕所。他三步并作两步,一溜小跑而去,然而到了厕所前,他的两腿却迈不动了,"男女"二字虽然写得明明白白,可他根本分不清"男"是哪,"女"又是哪。

那年代像四叔这样斗大的字不识一筐的"睁眼瞎",还比较多,有人挣一辈子工分,连自己的名儿都不会写,四叔不认得男女厕所,一点也不稀罕。

这时他的小肚子又一阵"告急",四叔眼一闭,脖子一缩,"嗖"地钻了进去,刚解决完,裤子还没来得及束紧,打外面就来了两个妇女,一见四叔,两人惊呼"有流氓——抓流氓啊",喊声立即招来一批人,没费多少工夫,就把四叔给捉了,送进了街道革委会。

革委会主任亲自审讯四叔,问他为什么要到女厕所里耍流氓。四叔解释他不识字,革委会一个妇女拿着鸡毛掸子,照四叔头上"啪"的就是一下,指着四叔胸前的钢笔问:"不识字,你骗谁?不识字你带钢笔干啥?"四叔眼睛瞄了一下,头便"嗡"的一下响开了,不知啥时候插进上衣的钢笔,忙中出错,下半身"蹿"到了口袋外,一眼就让那妇女给看到了。四叔只好低着个头,如实回答:"捎的。""烧的?我叫你烧去!"

"砰砰砰","嗵嗵嗵",四叔身上、头上着实挨了几老拳和好一顿鸡毛掸子,原来,在豫北方言中,"烧"就是不要脸的意思。这下意思全给弄拧了。

却说四叔拖着步回到家中,对天发了个毒誓:往后八抬大轿抬他,他也不会再去市里,如违反的话,他就是灰孙子!

一晃二十年过去了,四叔愣是没到市里去一趟。但事到如今,四叔心里却动摇了好几天,想违反自己的誓言,又要去市里。去干啥?看戏!四叔这回不知从哪里听说来了一批名角,银环妈、李豁子、"土特产"范军……四叔是个老戏迷,那些名角,平时光在电视里见影,广播里听声,却没见一回真人,这下可把他心里痒得不得了。他一跺脚、一咬牙,情愿做灰孙子,50块钱一张夜场门票,他眉毛都没皱一下就买下来了……

过完戏瘾出来,四叔一阵轻松,便想小解,身边一个戏迷指着前边告诉他:厕所就在那儿。

这次四叔没慌张,要知道,这二十年字他可没多认,就认下两个:"男"和"女"。他不紧不慢走了过去。等离厕所距离不远,四叔再去看时,心里抖了一下,他只觉得晚上灯光太暗了,厕所偏又没有"男""女"两字,只画了两个小人。这时,身后窜出来一个年轻的小伙子。四叔心里一喜,估摸着也是上厕所的,心想,这可比那两个字还保险呢。四叔紧跟几步,随小伙子进了厕所。

没想到小伙子上了厕所,宽衣蹲下,一扭身发现了正找小便池的四叔,"呀——"的一声尖叫,叫得四叔魂都飞了。没过一分钟,巡警赶来了,问是咋回事。这回四叔可没怵场,定了定神,指着那个"小伙子"说:"她留个小平头,还穿着这身衣裳,往后瞧,谁敢说不是个男的?"

(赵文辉)

(题图:李　加)

一堆红木条

最近两三年，上海有不少人家乔迁新居，市民家中各色红木旧家具急于处理，因此，许多旧红木家具店便应运而生。

沪上大大小小的家具店大多集中在西区，而西区又是外国人的集聚之地。于是，"老外"们逛旧红木家具店便成了傍晚的一道风景。他们每店必逛，兴趣特浓。"老外"们来这里，大多是看新鲜，但也不乏行家，那个叫阿仁的就是其中之一。

阿仁是东南亚一家合资企业的工作人员。他不但是个中国通，而且爱好收藏，他跑旧红木家具店自然比别人更勤了。这一跑两跑，居然和好几家店的老板混得很熟。

这天，阿仁趁周末又来到"红房子"旧红木家具店，请店老板去附近喝茶，谈得很投机。

店老板知道阿仁有事，就拍了拍他的肩膀说："老兄有事尽管说，只要我能办到的，绝不推辞。"

阿仁凑上前去，诡秘地说："老板能不能透露一下货源？"店老板两眼一瞪："干嘛，你要抢我的生意？"阿仁忙摆手道："不，不，我只是想淘点真货而已。"店老板并不说话，只是向后一靠，躺在皮沙发里，若有所思地望着天花板上的吊灯。阿仁见状，忙从口袋里掏出一个红纸包，递上前去："这是2000元信息费，若淘着好的货色，再给。"店老板挠了挠头皮，慢条斯理地说："前天有个南汇的老农到店里说，他家有几口旧红木家具，想拖过来换点钱买化肥。"

阿仁两眼一亮，随即提出要店老板帮助，老板答应了。

星期天，阿仁起了个大早，简单地打点一下行装，就火急火燎地赶往南汇。

阿仁之所以如此不顾疲劳，那是因为他知道，沪上旧红木家具店的陈列品，多是经过"翻整"过的，都是些"宰老外"的货色，只能满足收藏旧货的好奇心，而不能适应他这个真正的收藏爱好者的口味。他要的，是"原汁原味"。

到了目的地，阿仁拿着店老板给的地址，凭着一口流利的中国话和一张黄面孔，很快便找到了那个老农家。

阿仁抬头一看，面前是一幢三层的小洋房，论气派与他的办公楼不相上下。但为了尽早地看到他心爱的红木家具，阿仁也顾不了惊奇感叹，迫不及待地按响了门铃。

一位五十出头的老汉接待了他。这老汉一张脸黑里透红，一双手布满老茧，阿仁见了心里觉得十分踏实。老汉问明来意后，热情地接待了阿仁。

老汉告诉他说:"实不相瞒,我家并不缺钱买化肥,这门里门外的,你也是看到了。这几年我们农民富裕了,盖了新楼房,家里人吵着要装修装修,几口旧家具,当然就派不上用场了。"阿仁忙说:"那就请老先生带我去看看,可以吗?"老汉摇摇头:"可真不凑巧,前些天被女婿要去了。"

阿仁大吃一惊,但仍不死心,凭着三寸不烂之舌,缠得老汉实在没办法,只好答应带他去女儿家看看。

到了女儿家,女婿也是一个好客之人,相互介绍之后,短短寒暄几句,就到了后厨房。女儿说:"爹,你们迟一天来的话,就看不到这些家什子了。明天我家杀年猪,我正打算劈了做底火烧水。"

阿仁听了,连忙庆幸自己来得及时。当下,随众人挑帘进屋。果然,屋里靠着墙,黑乎乎地躺着三口家具。阿仁凑近一看,惊得他差点儿跳了起来:三口家具,一只大衣橱,一只茶几,一只方凳,很像是他两天前在《收藏家年鉴》上看到的珍品图片,那可是出自清官的精品呐!

为了进一步证实自己的判断,阿仁全神贯注地进行察看。他这里敲敲,那里摸摸,还不时地用鼻子闻闻……

一番折腾之后,阿仁深信不疑,心里暗暗叫道:"价值连城!价值连城!"

老汉见他磨磨蹭蹭的,就问:"你到底要不要啊。"

阿仁忙说:"要,要,当然要。"

老汉的女婿倒也干脆:"那开个价吧。"

阿仁脱口而出:"两万,怎么样?"

老汉、女儿、女婿,面面相觑。

阿仁见状,以为他们嫌少了,连忙说:"四万,好不好?"阿仁见他们没有异议,便掏出现金,当场付清,并要他们把三口家具搬到院中,便于装运。

老汉觉得奇怪,这"老外"为啥出这么多钱买三只破家具?便问阿仁:"你买这些东西派啥用场?"

阿仁眼珠子一转,说:"朋友开了家烤鸭店,烤鸭子需要很讲究的火候,用旧红木做底火最好不过了,这三口家具可做一年的底火,每次只要一小块就可以。"

老汉信以为真,长长地"噢"了一声:"原来是这样!"

阿仁见三口旧红木家具已搬到院中,就飞奔出去,准备租汽车连夜运回上海。可他万万没有想到,等他租了车回来一看,天哪!三口红木家具已成了一堆木块。

原来阿仁走后,老汉和他的女婿嘀咕开了,总觉得,这么三件没用的东西,收四万元似乎太多了。反正他买去是做底火的,为了便于装车,全家动手,乒乒乓乓将它劈成了小块,也算是服务周到。

阿仁一见这情景,浑身凉了半截,一下子瘫倒在那一堆红木条旁……

(阿　海)

(题图:谭海彦)

医生与病人

一天清早，米勒医生正准备穿衣起床，突然传来"砰砰嘭嘭"急促的敲门声。凭着医生的直觉，他知道一定是来了危急病人，于是很快穿上衣裤鞋袜，开门一看，门口站着一个女人。谁！老朋友丁格的妻子玛尔塔。

丁格是个心脏病患者，常常请米勒医生看病，时间一长，两人就成了知交，可说是情同手足，亲如兄弟。

现在丁格太太一见米勒就嚷嚷开了："坏了，坏了，我丈夫这次是非死不可了！"

米勒大吃一惊："怎么啦? 丁格究竟出了什么事? 他在哪里? 快领我去看看。"可丁格太太却摇摇头说："不,你现在不用去,去了也没用。""怎么没用？我是医生哇！""他没犯病，正躺在床上做美梦呢。"米勒一听，愣了："他没犯病，莫非是你犯了病？""哎呀，米勒先生，你不明白，他中彩啦，中了大奖！你应该知道，近二十年来他一直在买彩票，可是从来没有中过奖，现在突然中了大奖……"丁格太太激动地举起手中的《晨报》，"你看，奖金30万，30万呀！"

米勒也不禁打了个"咯噔"，心想，这么大一笔钱，突然降落在一个长期患有心脏病的人身上，确有乐极生悲的可能，万一……米勒想到这里便问："丁格太太，你丈夫知道这件事吗？""哎呀，我哪敢把消息告诉他呀，不过，这消息是封锁不住的，老头子天天看《晨报》，所以我特地跑来求你想想办法。"

米勒听罢，连连点头说："对，你做得很对。当然，消息是一定要告诉他的，但必须在告诉他之前，设法增强他的承受力，这样，才不至于使他的血压突然升高。"丁格太太说："是的，你说得很对，可是我不知道该怎么去做呀！"米勒沉思了好久，说："好吧，这件事由我来做，我这就去看他。"

就这样，米勒来到了丁格家里。老朋友相见，自有一番亲热的问候。一阵寒暄之后，米勒不露声色地切入正题。他说："丁格先生，你玩了许多年的彩票，积累了不少经验，我想请教，弄那玩艺儿有意思吗？"提起彩票，丁格立刻来了劲："怎么，你也想玩彩票？""是的，我想试试，但不知有没有赢的希望？""希望当然有，如果一点希望也没有，那还有谁去买彩票？我之所以玩彩票，就是为了使自己天天有希望。据说，这对人的健康大有好处。当然，希望能否成为现实，那还得看运气喽！""那你这些年运气怎么样？""我？"丁格摇摇头说，"不好，我从来没中过奖，但我觉得总有一天运气会来的。""假如……丁格先生，我是说假如，你中了奖,你会激动吗?"丁格不假思索地说:"当然激动喽!"米勒补了一句:"比方说,你中了大奖,奖金30万……"

米勒此话一出口,便细细地打量起丁格来。哪知丁格只是淡淡一笑,反问道:"如果是你中了这样的大奖,会怎么样呢?""我?"米勒觉得丁格进了自己的"圈套",就大大咧咧地说:"别说30万,哪怕300万我也处之泰然,我要尽情地花钱享受,直到把奖金用完。"

丁格听完米勒的话后,微微一笑说:"我和你的想法不一样。你知道,我和玛尔塔两个人,平时花费不大,我们又没有孩子,不存在给谁留下遗产的问题。假如我中了大奖,我要那么多钱干啥!干脆,我就分一半给你,以表示我对你的友情。"米勒猛吃一惊,脱口问道:"你说什么?"丁格认真地说:"我若得奖金30万,一定给你15万,我说话算数!"

话音一落,米勒医生已经坐不稳了,只见他两眼发直,脸色惨白,四肢发软,头一歪便瘫倒在沙发上,啥事也不知道了……

(吴文昶 讲述)
(题图: 箭 中)

谁是骗子

一天，省城大华剧院举行扶贫义演文艺晚会，来自四面八方的歌星、舞星们要联袂献演。宣传广告上赫然写着：演出收入全部用于扶助贫困山区。

赵小伟是个追星族，这个机会他当然不肯错过。可到售票处一看，吓他一跳，最差的座位，一张票也要 80 块钱，他哪来这么多钱？

没钱就进不了戏院，可是赵小伟又太想见那些明星们了。他左思右想，决定冒险闯关。

晚上，赵小伟借了一套名牌西服，把头发抹得油亮，来到大华剧院。他见前门人山人海，大家手里都拿着票，便转身来到后门。

后门儿直通后台，是演员和领导出入的地方，门前还有公安人员把门。

赵小伟在暗处匀了匀气，就大摇大摆地上前站到几个公安人员面前，大声地问："今天交警是不是没来？"几个公安朝他看看，似乎不明白他的意思。其中一个人答话说:"不清楚。"赵小伟说:"不清楚?这可不行!会上是怎么安排来着?前门的车和人都搅到一起了也没人管,还没有接受上一次出事的教训?赶快过去一个人和那边联系一下,要绝对保证会场内外的安全,做到万无一失!"说罢赵小伟拍了拍那人的肩膀,然后径直走了进去。有个公安还怕挡了他的路,把门旁的一把椅子往旁边挪了挪。

这下可好,赵小伟不花一分钱就混进了场子。

赵小伟上了后台,开始还躲躲闪闪的,怕被人识破了,光在厕所里就呆了半个钟头。不一会儿演出开始了,他才壮着胆子来到台口站着看了起来。

由于赵小伟这小伙长得很有点模样,胖乎乎的又穿了一身好衣服,怎么看怎么也像个管事的。再加上这晚会是由好几个单位联合举办的,所以谁也没有来干涉他。这时主办单位的几个人正在对面台口那里站着,一看赵小伟这架势,这一位就问另一位:"看见没有?对面那个胖子,准是个压阵的。"另一位一摸脑袋:"咱们跟他们接触好几次了,怎么没见过这么个人呀?"那位还来劲儿了:"现在这事儿你还不懂?正经管事儿的不到紧要关头是不会露面的,我琢磨他不是个总监就是个总经理,看他那样子不大高兴,会不会对我们的条件不太满意。"

说着,其中一位从幕后绕了个弯来到赵小伟身后,轻声问了句:"先生,台下头排还有座儿,您要是站累了,可以下边歇歇去。"赵小伟正看得高兴,冷不丁吓了一跳,随口说道:"你看我能离开吗?"这位一听,行!这准是正经管事儿的了,又点头又哈腰地退了下去。

再说另一侧演出单位的头儿也正在那站着呢,一看这胖子站样挺有派头,又见主办单位的人还过去给他打客套,心想这主儿不是个省油灯，没准是哪一级的领导上台来挑茬子的，得注意着点儿。

赵小伟站这地方挺碍事，台口正中，演员进进出出不方便，可谁也没敢让他往边上靠。赵小伟心里乐开花了，这位置看明星，拿钱都没地方去买。他这儿正美着呢，突然有人在后边拍了他一下，小伟心想：完了！准是人家看出来了，他战战兢兢一扭头，原来是几个跑龙套的奉领导的指示，给他搬来一张简易沙发，问道："先生！您是到后边歇会儿呢，还是坐这儿继续指导？"赵小伟想：我来就是看节目的，上后边干什么去？也没客气，鼻子里"哼"了一声就坐到了沙发上，有人又把饮料给他送上来，赵小伟这时正口鼻生烟呢，一看饮料上来，也没客气，揭盖儿就喝上了。

要说台上也有几个保安值勤的，一看有许多人上来给这胖子献殷勤，也都认为他是有来头的，当然不敢得罪。所以别人在台上行动受限制，赵小伟却完全自由，他要上厕所，还有人上来给他引路呢。

演出快要结束的时候，赵小伟想提前溜号，他起身往后门走，在台后的走廊里遇见一位小姐。小姐一见赵小伟，满面笑容地说："我可找到您了，您是刘总经理吧？"没等赵小伟回答，小姐把手中的纸往上一递，"真是急死人了，我们兵分几路找您多时了，这是按照刚才会议决定拟的收底方案，请您签个字吧。"

赵小伟要是说一声自己不是刘经理，不就各走各的道了？可他偏偏接过了纸头，只见纸上的字密密麻麻的，还想看个究竟，小姐就在一旁给他解释上了："门票加赞助，一共收入100万，我们对外报20万，其余80万我们几家分成……"

赵小伟心里"咯噔"一下，好小子呐，够狠的，把大头给私吞了。可他又来不及多想，拿笔就在纸上写了个刘字，他以为这就完事了，可小姐说不行，必须把名字签完整了。小伟一想这麻烦了，我知道这经理叫什么名字？他为了快点溜号，提笔写了"刘朝南"三个字。说也凑巧，刘总经理的名字叫刘望北，所以小姐接过方案一看，笑着说："刘经理，您一会儿望北，一会儿朝南，真有意思。"

赵小伟笑笑，正想走掉，偏偏真的刘总经理，早不来晚不来，这时候来了。这真假刘总经理碰一块儿，事情也就热闹了。

赵小伟被带到办公室里，被责令坦白交代。他不慌不忙地说："拿纸和笔来，我彻底交代。"

不一会儿，纸和笔拿来了。赵小伟拿起笔，在纸上写了几个大字，把笔往桌上一搁说："写完了！"旁边的人过来一看都变了眉眼。几个人到一边嘀咕了几句之后，便上来赔不是。那个真的刘总经理哈着腰说："误会！误会！千错万错都是我们的错，您就开个价吧，我们付您精神损失费。"其余几个也异口同声求赵小伟开个价，并且还说要马上请赵小伟去参加晚宴。

也就在这时候，几个公安人员跑来问道："听说抓到个骗子，是谁？"刘总经理忙说："对不起，对不起！是一场误会，这里没有骗子，这……这样吧，我请大家一起去吃饭，怎么样？"

赵小伟却说："公安同志，这里确实有骗子，不是一个，是一伙，而且是大骗子！"

公安人员问："谁是骗子？骗什么了？"赵小伟将他刚才写的那张纸拿给他们看，就见上面赫然写着："扶贫义演收入100万，为何只报20万？"

（徐　洋）

（题图：张恩卫）

谁比谁厉害

　　李四是个名人，他走到哪里，记者就跟到哪里，总想从他身上挖出点爆炸性新闻。

　　这天，他到一个大城市演出，刚下飞机就被记者包围，一个记者把话筒戳到他面前，问："你对本地的三陪小姐有什么看法？"

　　李四知道那记者不怀好意，于是耍了个小聪明，反问他说："这里还有三陪小姐吗？"

　　谁知第二天报纸头条新闻的标题是："千里迢迢，李四今日飞抵本地；心急火燎，脱口便问三陪小姐！"李四叫苦不迭。

　　过了两天，又有记者采访时问李四："李四先生，你对本地的三陪小姐有什么看法？"

这次李四学乖了,说:"我对本地的三陪小姐不感兴趣。"

第二天报纸又出来了,标题是:"见多识广,李四夜间娱乐要求高;不屑一顾,本地三陪小姐遭冷遇!"

过了两天,记者再问,李四一咬牙,干脆地回答:"我对三陪根本不感兴趣!"以为这下可以太平了,可第二天报纸上的标题居然更不像话:"欲海无边,李四三陪已难满足;得寸进尺,四陪五陪才能过瘾!"文章里还有一首打油诗:革命小酒天天醉,李四要泡夜总会。一个姑娘嫌太少,两个美眉才开胃。跑遍东西南北中,认识的小姐排成队!

过了两天,又有记者来问,这下李四学乖了,干脆什么都不说,不理他们。结果报纸还是有文章出来了,标题是这样的:"面对三陪问题,李四无言以对!"

又有记者来问,李四被逼急了:"你们要敢再问三陪的问题,我告你们!"

结果第二天报上的标题是:"李四一怒为三陪!"

这下李四真急了,请了律师,一纸诉状告到法庭,以为这样记者们就得收敛。谁知报上文章更不好听了,铺天盖地的标题是:"法庭将公开审理李四三陪小姐案!"

(仁 和)
(题图:李 加)

通　知

贾参谋刚从基层调到机关，星期六下午他值班时，突然接到上级一个紧急电话："韩六明天早晨7点左右到，请你们务必提前做好准备。"贾参谋搁下电话，便赶忙向部队长作了汇报。

韩六是谁？全机关谁也不知道，只听说最近上级指挥机关人事有变动，不便再向上级机关打听，就立刻通知下面各部队赶快做准备迎接。

忙活到半夜，才算有个头绪。大门口欢迎标语已高高挂起，欢迎词、汇报文字材料也由组织科加班加点赶了出来。

第二天一大早，部队哨兵全部就位，所有建制连队都集合在操场上。可是老天不帮忙，刮了一夜的风，气温骤然下降，到7点钟的时候，官兵们已经冻得嘴唇发抖，四肢麻木，只有两只眼球在转动。

可是8点都过了,还不见韩六首长的影子。眼见战士们冻得全身僵直而依然精神抖擞的样子,部队长便叫参谋长打电话请示。谁知没三分钟工夫,参谋长就跑回来报告:"首长没来,上级也不知道。"部队长生气地说:"这是怎么回事?"参谋长小心地说:"不过,指挥机关总值班室的确向各部队发过一次通知。"部队长忙问:"什么内容?""通知说寒流明天早晨7点左右到达本地区,请各部队务必提前做好准备。"

韩六——寒流,原来是这么回事!部队长气得两眼发直,跺着脚对贾参谋说:"开什么国际玩笑,你,还回到基层去,啥时候把韩六变成寒流,再回来。"

(殷天堂)
(题图:李　加)

我要学游泳

老张是个游泳高手。今年夏天,他开了个游泳培训班,不料火爆异常,很快名额就满了,老张决定停止招收学员。

可偏偏有个叫大李的,非参加不可,简直要把老张的手机打爆了。见了面,老张苦口婆心地劝道:"老弟,明年学游泳还是来得及的。"

大李急得直跺脚:"那不行,你看人家叶诗文,6岁开始学游泳,16岁就成为奥运会冠军了。我女儿的天赋不如人家,如果不抓紧在5岁时就开始学习,她将来怎么成为叶诗文那样的人物?"

老张听了,不禁哑然失笑,真是可怜天下父母心啊。不过,万一要是真把未来的世界冠军给耽搁了,罪过不就大了?那就破例收下吧。大李高兴地走了。

可大李一走，有个叫老钱的听说后，气呼呼地来找老张评理，说他是当初报名时第一个被挡在门外的，按理他应该被破例接收。

见老钱说得有理，老张也不好直接拒绝，便灵机一动，问道："请问你学游泳的动机是什么？要是无法打动我，你依然没有机会。"

老钱不慌不忙道："现在很多城市内涝问题严重，动不动就到北京去'看海'，到武汉去'观瀑'，到长沙去'听涛'……如今，游泳已经成为常人必备的逃生本领！"

老张被感动了，他紧紧握住老钱的手，说："您真是老骥伏枥、高瞻远瞩呀，就冲您这股活到老学到老的劲头，您这个学生，我要定了！"

老钱却不急着高兴，拉过身边一个愁眉苦脸的妇女，央求道："这是我的邻居周大妈，为了她儿子的终身大事，都快急疯了，她也强烈要求来跟您学游泳，请您一并收下吧。"

老张懵了："真是天下奇闻，这游泳怎么还跟您儿子的婚事搅和到一块儿呢？再说，您都这么大年纪了，实在没必要来受这个苦。"

只见周大妈一把鼻涕一把泪地说："唉，我那儿子今年都36岁了，至今还是单身。我也实在是没辙了，只有亲自给他解决这个千古难题了。"

"千古难题？"老张更加感到一头雾水，"游泳能解决啥千古难题？"

"这你都不知道？"周大妈露出吃惊的神色，"你当初搞对象的时候，女方难道没问过你：'我和你妈同时掉进水里，你先救谁？'你想，我要是学会了游泳，这问题就再也难不倒我儿子了！"

（高亚娇）
（题图：包丰一）

帮我一个忙

晚上，老张正和妻子看电视，一个只见过几次面、名叫刘守信的老乡登门拜访。那人满脸尴尬，吞吞吐吐，好半天没说出个子丑寅卯来。

老张是个性格豪爽的人，见对方不好意思开口，就主动说道："兄弟，你一定碰到难事了，说出来，我帮你解决！"话刚说完，妻子在桌子底下踢了他一脚。

刘守信脸上就露出了笑容，说话也流利了许多："大哥，我租了个门面，还没开张，你弟妹就病倒了，家里实在是揭不开锅了，想、想问大哥——"

老张大脑一热，张口就说："行，五百够不够？哎哟——"原来，妻子又狠狠地踢了他一脚。

刘守信差不多要蹦起来，他连声说道："够了，够了，这个星期我一定还!"

在妻子不满的眼神下,老张拿出五百元钱,把刘守信打发走了。

刘守信前脚刚走,妻子就脸红脖子粗地吵起来:"你当自己是大款,一出手就是五百,他要是骗子,这钱不是打水漂了?"

老张心里早就后悔了,但他硬是倒驴不倒架,嘴巴还是很硬:"乡里乡亲的,我怎么好意思回绝?再说,他肯定会还的!"

老张说得斩钉截铁,可是刘守信硬是不给他面子,整整三个月再没见人影。从此,这事就成了妻子数落他的把柄,时不时骂他是天下第一的大傻瓜。老张窝囊透了,在被老婆奚落了无数次之后,他下决心出去寻找刘守信。

打那天起,老张有事没事地就满大街转。功夫不负有心人,这天终于在一个地摊前碰见了刘守信。

老张抓起他的衣领发泄道:"你这个不守信用的家伙,你可把我给坑苦了!"

刘守信见跑不了,就可怜巴巴地哀求道:"大哥,实在对不起,我现在就靠摆这个地摊糊口,我也天天为这事儿睡不着觉哩。你放心,我说话算话,以后挣了钱一定还你。"

对方把话说到这个份儿上,老张只好松了手,他叹口气说:"兄弟,你以为我在乎那几个钱?错!问题是你让我在你嫂子面前抬不起头呀!"

刘守信更不好意思了,连声问:"那怎么办?"

老张想了想,说:"算了,谁让咱们是老乡呢。这样吧,今晚8点你到我家楼下来一趟,我再给你五百元钱!"

"什么?你再给我五百?"刘守信以为听错了。

老张拍拍刘守信的肩膀,说:"嗯,等我上楼以后你也上来,当着你嫂子的面再把那五百元钱还我,兄弟就算帮我一个忙,好歹也恢复一下我的形象。"

"行,行,只要你能宽限我一阵子还钱,我什么都听你的。"刘守信听明白了,鸡啄米似的直点头。

晚上8点,老张悄悄溜下楼,刘守信这次很守信,早等在那里了。老张把钱递给他,低声嘱咐道:"兄弟,别紧张,千万不能在你嫂子面前露馅!"

老张转身上楼回家,坐在妻子面前,跷着二郎腿得意地等待着清脆的门铃声,可是令老张十二万分失望的是,一直等到半夜12点,门外什么动静也没有……

(魏永贵)
(题图:魏忠善)

表声嘀答

十一月的一天,有个叫奎斯的商人开着车离开伦敦,飞快驶向巴黎。

此时此刻,奎斯心里像烧着一把火,起因是奎斯最近走私的一批手表,是假冒伪劣产品,制造十分粗糙,你说时针走了吧,可秒针不动;秒针动了吧,时针又不走,让他赔了一大笔钱。给他这批货的,是巴黎的一对兄弟,哥哥叫马斯尔,弟弟是个弱智,兄弟俩表面上经营着一个小小的首饰店,暗地里经营走私手表,奎斯是他们的一个大客户。

奎斯琢磨好了,这次要把他们臭骂一顿,出出心头这口恶气!

果然,一来到巴黎,奎斯见到马斯尔兄弟俩,就劈头盖脸大骂起来。什么难听的话,都骂了出来。马斯尔站在一旁,毕恭毕敬,虽然他心里恨不得杀了奎斯,但他还是不敢吱声,一直等到奎斯骂完,马斯尔才连忙说:"对不起,对不起,我对天发誓,下次拿来的手表,一定保证质量!"

好说歹说,这才让奎斯消了气。

最后,马斯尔对奎斯说:"放心吧,这次所订的货第二天就到!"然而第二天,货并没有到;第三天,货还是没有到;第四天,奎斯等得不耐烦了,一大早,便把车开进马斯尔家的车库。

奎斯气急败坏,威胁道:"怎么搞的?我本打算赶晚上最后一班轮渡,可现在计划全泡汤了,告诉你们,要是晚上货还没有到,我们就拜拜了!"说着,甩门而去。

他来到一家酒吧,要来了一瓶酒,一边喝一边还时不时地给马斯尔打电话,查问货到了没有。幸好,到晚上6点钟,货终于到了,奎斯立即赶到马斯尔那里。

马斯尔说:"您先喝点咖啡,安心休息一下,这次,我们要检查到每一颗螺丝,然后在凌晨4点前装上车。"果然,凌晨4点刚过,马斯尔就来通知奎斯,一切准备就绪。虽然晚了几天,但毕竟没耽误计划,所以,奎斯坐在车上,心里仍然很高兴。

接下来,顺利通过法国海关,奎斯看着自己的汽车,安全地停放在轮渡甲板上,会心地笑了。然后走进船舱,喝咖啡……

渡船很快就开到英国的多佛海关。就像往常一样,奎斯一边打开自己所有的包,让海关官员检查,一边逗乐说笑话。

奎斯把手放在车门上,正要打开车门离去,突然传来一阵巨大的汽笛声,然后一切归于沉寂。

这是怎么回事?原来,第一次世界大战刚刚结束,英法等国家订立了停战日,规定每年的11月11日11点钟,全国都要拉响汽笛,这时所有的人都要放下手中的事情,为在战争中的死难者默哀2分钟。

在这2分钟内，周围的一切都显得非常安静，就连路边的鸟儿也停止了鸣叫。

奎斯和海关官员站在车旁，低下头默哀。

就在这时，一阵"嘀答嘀答"声传了过来，似乎越来越响，海关官员惊叫起来："这是什么？"顺着响声，他们找到了奎斯的那辆汽车。奎斯吓得脸都白了。别人不知道，为了躲避海关的检查，奎斯把他的汽车经过巧妙的改装，设置了一个夹层，然后利用夹层放进走私的手表，从外表看来一点也不露破绽。然而，今天上千只表发出该死的"嘀答"声，让他露出了马脚！

这是马斯尔兄弟干的好事：他们为了想让奎斯知道所有的手表都走得很好，把每只表都上足了弦……

(吴会艺)

(题图：李　加)

喝羊肉汤

小桥村村长赵四平今天被召到乡政府。乡长告诉他，县里最近要来检查计划生育教育工作，还要进行评比。乡里研究决定，到时候检查团来了，就让他们去小桥村检查，因此要赵四平作好充分准备，代表全乡接受检查，只可胜利，不能失败。

事情看来很简单，到时候只要把村民召集到一起，再把乡里发的那本《计划生育宣传材料》读一读就行了。可是要把全村几百口子人召集到一起听念材料，谈何容易！现在的人可不比前些年了，开个村民会，挨家挨户去喊都喊不来，难呐！

赵四平为此苦想了整整一夜，终于想出了一个绝妙的办法：就说请参加学习的村民喝羊肉汤。眼下有些干部开会，又吃又拿，而村民开会学习，连开水都喝不上，所以不愿参加。这羊肉汤虽不是什么山珍海味，可小桥村穷呀，再怎么说也是一种待遇呀，大伙一定会来。

他把想法告诉了会计老王，老王听了直摇头："几百人喝羊肉汤，买羊的钱呢？""没钱买就借只羊来。"村长凑到老王耳朵上，如此这般地作了一番交代。老王听了哈哈大笑："好，我一定照办。"

第二天，乡里来通知说，县检查团可能晚上来，要他们作好准备。

傍晚，老王果真牵了一只六七十斤重的羊，在村里转了一圈，然后拴在自家门前的枣树上。接着，他便通知各家各户晚上到小学校里开会，学习重要文件，同时又放出话来：晚上到会的人可以喝羊肉汤。

你别说，这个办法还真灵，到了晚上，小学校里挤满了人。赵四平看人来得差不多了，便宣布开会，讲了几句开场白之后，就由副村长念那本《计划生育宣传材料》。他念得很慢，还不时插上一些解释，可他念完了第一讲，还不见县检查团的人影。

副村长喝了几口水，正要接着念第二讲，下面有人嚷嚷开了："村长，别念啦，羊肉也该熟了吧……"

就在这时，只见老王气喘吁吁地跑进会场，说："村长，你那只羊是从哪里弄来的？它可怪得很，像是学过气功似的，我拿刀正要捅，它四脚一蹬，从我手里跑掉了。它跑的速度比狗还快，我围着村子追了三圈也没追上，现在连影子也看不见了，你快派几个人帮我找找吧。"

村长赵四平摆出一副很生气的样子，说："你是怎么搞的嘛，四十多岁的人了，连只羊都对付不了！"他看看表，估摸着县检查团今晚是不会来了，便宣布："今晚不早了，羊肉汤明晚喝吧，散会后请大家帮助找找那只羊。"

羊终于找到了，被牵回到老王家，牢牢地拴在了院子里那棵枣树上，

"咩咩咩"地叫个不停。

第二天天还没黑,老王就开始对付羊。许多村民路过这里都驻足观看,看他一手拿着刀子,一手举着鞭子,使劲抽打着羊,还边打边骂:"你这该死的东西,昨天害我出了一身臭汗,还挨了村长好一顿训,今天看你再跑!老子今天先把你打趴下再动刀子……"

看热闹的人看着笑,笑够了就去小学校接受计划生育教育,等着喝羊肉汤。临走时还七嘴八舌地留下话来,有的说:"老王,多放点盐,咸了才香。"有的说:"多加点辣椒,喝着热乎。"

小学校里今晚来的人比昨晚还多,连一些小孩子都来了。赵四平心里一高兴,便亲自念材料,接着昨天的内容念第二讲。他不紧不慢地念着,下面听不听都不在乎,只是盼着县检查团快来。

他念了一半,检查团没露面,老王又跑来了,一进门就"村长、村长"地叫。赵四平一抬头:"怎么,羊又跑啦?"老王摇摇头:"不……不是跑了,是给人牵走了。""究竟是怎么回事?你说清楚!""我正在打羊,想把它打趴下再杀,免得逃走。谁知羊还没打趴下,来了个人,他一把夺下我手里的鞭子,还说这羊是他的,羊的钱还没付,他有权保护羊不受折磨,说完就把羊牵走了。看来今晚的羊肉汤又喝不成了。"

村民们原本就冲着羊肉汤而来,一听这话,"轰"一下都散了伙。

赵四平等人们走后,拍着老王的肩说:"好,你的戏演得不错。"老王问:"村长,这戏明天还演吗?"赵四平想了想,说:"大概县检查团不会来了,羊肉汤就算喝过了吧。"

哪里知道,第三天下午,乡里来人通知说,县计划生育教育工作检查团已到乡里,吃过晚饭就来小桥村,要他们认真接待。

赵四平这下慌了手脚,连忙和老王商量。老王骂道:"他奶奶的,前天不来，昨天也不来，等人家戏演完了他们才来，这不是故意让人难堪吗！"村长说："先别发牢骚，还是想个办法吧。"老王叹了口气："看来没有别的办法，只能真的杀一只羊了。可是羊在哪儿呢？前两天那只羊可是向邻村借来的呀！"

赵四平心里清楚，这次检查关系到乡里的荣辱，不能马虎。他想到自己家里还养有一只羊，那是他妻子特地养起来作为她父亲七十大寿礼物的。可事到如今，也顾不了那么多了，于是便回到家里，偷偷将羊牵来，对老王说："你快把它杀了，等你嫂子知道就杀不成了。"

村长家的羊终于被杀了，那口大铁锅烧得热气腾腾，好香好香。

傍晚，村长赵四平打开扩音机，对着话筒一遍又一遍地叫："喂，喂，村民同志请注意，听到广播以后马上到小学校开会学习……"同时，他又派人挨家挨户通知："快去小学校开会，开完会喝羊肉汤，老王已经把羊宰了。"

赵四平叫哑了嗓子，但村民们并不买账，他们直接来到老王家。老王说："快到学校去吧，村长有话，谁不去开会就不给羊肉汤喝。"村民们却说："我们已经开了两个晚上会了，今天不先喝羊肉汤就不去开会！"

事情就这样僵持着，直到乡长领着检查团来到小学校，会场上还是冷冷清清。赵四平急了，急急忙忙跑到会计家里，软硬兼施都无效，只得妥协："先吃就先吃吧。"

一大锅羊肉汤很快被一扫而光，遗憾的是大部分村民喝完羊肉汤都回家了，去小学校开会的寥寥无几，气得乡长拂袖而去。

第二天早上，赵四平被乡长召到乡里。乡长见他脸有些肿，腮帮子上还有一道道血痕，便问："你这是怎么啦？"赵四平红着脸说："女人打的。""两夫妻吵架啦？""还不是为了羊的事。"他把这几天关于喝羊肉汤的前前后后详详细细讲了一遍。乡长听完愣住了，原想狠狠批评他一顿，可这时候却一句话也说不出来，只是叹了口气，说："这事我也有责任，你先回去吧，好好休息。"

赵四平告别乡长，出了乡政府大院，心里在想："'好好休息'，能休息吗？家里的'世界大战'还没结束呢……"

（吴文昶 讲述）
（题图：黄全昌）

难寻八小时

刘满屯高中毕业，浑身是劲，却不想待在村里干农活，今年一入夏，他就来到城里建筑工地上打工。刘满屯干活利落，头脑机灵，人见人夸。可谁也没想到，他本来干得好好的，三个月后却要辞职。

包工头拉着他，问他这是为个啥？刘满屯昂着脖子说："现在报上都在宣传'八小时工作制'！叔，你看我来的这三个月，别说是什么八小时工作了，连个周末都没有。我来城里三个月了，就连周末想请假出去逛逛，都没个机会！不行，我不干了！我要找个能休假的工作去！"

旁边有个长辈把他拉到一边，语重心长地说："满屯呀，你现实一点行不？咱农民工去哪也要靠力气吃饭，你想的合法，但不实际啊。"可刘满屯是吃了秤砣——铁了心，转身而去。有人要向前拦他，包工头用手一挡说:"让他去闯吧,闯个头破血流他还得回来!"

离开建筑工地,刘满屯做梦也没想到,这么大的城市,那么多工业园区,报纸上还说闹"工荒"了,缺少工源,可自己居然找不到一份工作。劳务市场上一个个笑脸相迎的人事,听到自己要求"八小时"工作制,都像看到"穿越"人一样。他想起招工的那句话:"工资又不低,你图啥?非要找'八小时'的工作,你喝西北风去吧!"

这样没几天,他就到了山穷水尽的地步,兜里没有一分钱,手机欠费限呼了,连吃饭睡觉都成了问题。这时,刘满屯晃到了一个小酒店,实在饿得不行了,只好要求打个短工,管吃管住就行。老板娘正缺人手,又不用开工钱,真是困了有人送来枕头。

过了两天,老板娘有心想把他留下来,就把他叫到柜前商量。可刘满屯还是那句话——八小时工作制。开饭馆的,哪有八小时的道理啊?老板娘虽说答应不下来,可还是想劝劝这小伙子,许诺可以让他边打工边学厨,明年送他去考个厨师证。刘满屯却是个认死理的,还是不答应,老板娘有些不理解,换别人想找都找不到的差事,他刘满屯为什么不干呢?老板娘摇了摇头,叹道:"现在'农二代'的孩子,真不知道心里想些啥。"

这时,前厅喊刘满屯帮忙传个菜,等他把菜端上桌,发现桌边坐着一个面熟的女孩。还没等他反应过来,女孩先认出了他:"这不是满屯吗,你怎么在这里呀?"

女孩叫方艳,是刘满屯的初中同学,初中毕业后就来城里打工了,出落得亭亭玉立,上学时两人还有那么段朦胧的感情。失去联系三年多,两人见了面自然很亲切,当得知刘满屯工作还没着落,方艳很吃惊:"现在工厂都缺工,你比我文化高,怎么会找不到工作?"说完,还答应帮忙找找。

三天后,方艳来找刘满屯,她打工的服装厂缺辅助工,和老板说好了,可以每天干八小时,只是每月发货期需要加几天班。听说工资不高,刘满屯有些犹豫,方艳责备道:"厂里有不少老乡,在一起做工不好吗?"刘满屯这才满口答应下来。

服装厂工作也不轻松,实行计件制,经常加班。刘满屯要求只干八小时,就只能做辅助工作,钱自然挣得就少一些。好在有几个同乡和方艳在一起也不寂寞,只是别人晚上加班时,刘满屯自己待在宿舍,觉得有些孤单,却又不想放弃原则。

因为钱少,刘满屯每次打饭总是不舍得买菜,方艳把自己的菜往他碗里夹,劝他换个工种,加班多挣点钱改善生活,他却总是摇头。再提起这事仿佛触动了他的底线,方艳也不好再说什么。

没多久,厂里赶一批货,大家都忙不过来,管工找到刘满屯,说:"你现在也熟悉工作了,生产这么紧,你就不能加班多挣点钱?年轻人不要惜力气,打工不就是图挣钱吗?"刘满屯没解释,只说当初来工厂就是以八小时为条件的。管工很生气:"真不可理喻,年纪轻轻不求上进!"两人这么你一言我一语的,差点就要扭打起来。方艳见了,赶紧上来把两人扯开。

这天晚上,方艳约刘满屯到外面转转。方艳告诉他,当初引他到厂里来,说是八小时,实际上是让他逐步适应,为什么挣钱少也不加班?刘满屯不服地说:"我来城里,也不光是为了挣钱,还为了能开开眼。一天到晚都埋头加班,除了流水线还是流水线,连抬个头的机会都没有,还哪儿有工夫瞅瞅外头的世界啊?"

方艳却叹了口气,插了句嘴问道:"外头的世界虽好,可你要是这么一直耗下去，活没干着，钱没赚着，那外头的世界，看是看到了，却能够得着吗？"

刘满屯被方艳这话顶得哑口无言，扭头就走。从此，他越发一个人独往独来了。

这天刘满屯正在做工，管工走过来，训道："你已经是熟练工了，工厂需要常加班，这是你最后一次机会了，要么今后你每天必须加班，要么停你工资，你就另谋高就吧！"

刘满屯听了，一腔怒气上了头，和管工的在流水线上大吵起来。只听管工的大吼一声："不干就给我滚蛋！"这么一喊，围上来不少人，也有刘满屯的老乡，起哄说不让人干，也得把工资结了。

见围观的人多起来，管工失了面子，眼一瞪说："违反劳动合同，还想要工资？赶快给我走人！"说着一把抓住刘满屯的衣领，往外拖。谁知刘满屯到底年轻力壮，用力一推，管工失重倒下去，后脑勺磕在了桌角上……

救护车将管工送到医院，抢救了半天才缓过来，刘满屯吃了官司，因过失伤人被判入狱。

刚进去，管教就找到刘满屯谈话："小伙子，你还年轻，走错了路不要紧，好好表现争取减刑。在监狱里劳动改造，用的是标准化车间，每天严格执行八小时工作制。八小时外，监狱里有各种文体活动场地和器材，还可以读书学习。"

"八小时，原来你在这里……"刘满屯听了，顿时哭得稀里哗啦。

(陈　平)

(题图：谭海彦)

聪明反被聪明误

古时候有个叫邓析的读书人，特别擅长辩论，在乡里是出了名的智者。一般人若有疑难之事难以决断，都喜欢找他商量。

有一年夏季，暴雨连月，引起了山洪爆发。有个叫李甲的人，父亲不幸被洪水卷走了，冲到下游的一处沙滩上，尸体被另一个名叫王乙的人发现。这王乙家里很穷，却是个很有心计的人，他料定李甲会来寻找尸体，便把尸体弄回家中，等李甲来找时，他好漫天要价，勒索钱物。

果然，没过多久，李甲就闻讯找来了，请求王乙将尸体还给他。王乙二话没说，开口就要一百两银子，少一钱也不行。李甲虽然家境富裕，可一百两银子也不是个小数目，买下有点舍不得。两人你说好他说歹，争执不下。

李甲正急得没办法，忽然想起了聪明人邓析，心想大家都说邓析足智多谋，何不去找他拿个主意呢？于是就找到邓析。邓析听了李甲的叙述后，想也不想，就说："哎呀，你着什么急呢？尸体是你父亲的，除了你，没人会要。王乙除了把它卖给你，没办法卖再给别人。所以，你只管在家等着，到时候王乙自然会主动把尸体送上门来的。"李甲一听有理，心安理得地回去了。

却说王乙守着尸体，满以为奇货可居。不料等了一天，连李甲的影子也没有看到，不禁也有些心急起来，因为他需要的是钱，不能老让一具尸体摆在自己家里。可这尸体除了卖给李甲，又没法卖给别人。苦恼之际，王乙也想到了邓析，求他给出个主意。邓析仍然不假思索，哈哈一笑，说："你担什么心呢？尸体是你拾得的，除了你这儿，李甲没法再到别处去买。你只管等着吧，到时候李甲自然会主动再找上门来买尸体的。"

王乙一听有理，也笑眯眯地回去了。这样，李甲王乙都把邓析当成了好人，都按照邓析的说法，在家等着。邓析两边讨好，自以为聪明过人，得意非凡。可是，李甲、王乙愿意等，那尸体却不愿意等啊。夏季天热，尸体很快就开始膨胀腐烂了，弄得王乙满屋子臭气熏天，住不得人。那李甲听说尸体烂了，也急得六神无主。最后，还是王乙熬不住，主动来找李甲，只要十两银子就把尸体给他。李甲也等不得了，就花十两银子把尸体买回来了。

结果，李甲买到的是腐烂的尸体，王乙只得了十两银子，两人心里都很窝火。一对质，才知都是邓析出的"馊"主意，于是都觉得受了蒙骗，便一齐去找邓析。此时，邓析正在家里喝酒呢，李甲、王乙一步跨进门里，不容分说，一脚踢翻了酒桌，揪住邓析，将他狠狠地揍了一顿。

哲学先生评曰：这里叙述的是一个关于选择的哲学命题。对于矛盾的对立双方来说，选择者要么选择此，要么选择彼，两者必居其一。然而邓析自恃聪明，想两方面都讨好，结果"三"败俱伤。在实际生活中，我们也经常看到这种没有原则的"骑墙派"，其下场终不免以悲剧而告终。

(邓清波)

(题图：蔡解强)

小偷的儿子

乡下有个小伙子，年纪轻轻，偷窃的本事已经炉火纯青，比起《水浒》里的时迁、《流浪者》里的拉兹来，不敢说超过，至少是不相上下。因此他觉得在乡下这么偷鸡摸狗地混不出名堂，决定到大城市去闯一闯。

他千里迢迢来到了城里，那热闹的场面，那万紫千红的都市风光，简直使他眼花缭乱，分不出东南西北了。他好像发现，所有的眼睛都盯着他，使他不敢下手，晃荡了一天，一无所得。他见电车上的人很多，决定上去试试。

他上了电车买了票，突然发现前面一个穿着很时髦的姑娘，把手伸进旁边一位老汉的口袋里，一眨眼，老汉的皮夹子就进了姑娘的包里。男小偷看在眼里，喜在心里：哼，是同行！他急忙挤到女小偷身边，趁电车紧急刹车时，身子一晃，来了个蜻蜓点水，神不知鬼不觉地将那只皮夹子从女小偷的包里转移到了自己的口袋里，并跟着女小偷下了车。

女小偷走了好一段路，往包里一摸，啊！皮夹子没啦。她好不恼火，暗暗骂道："他妈的，哪个不得好死的缺德鬼！"就在这时，男小偷来到她面前，举起手里的皮夹子晃了晃，问道："喂，干了几年啦？"女小偷先是一惊，但立即镇定下来，两眼一瞪说："你这是什么意思？"男小偷得意地笑笑："没什么意思，只是想跟你交个朋友。""你是干什么的？""嘻嘻，同一条战线上的，不过我觉得，凭你这点本事，只能小打小闹，回去好好练练！"男小偷说着，顺手将皮夹子扔给了她，转身要走。

女小偷先是一愣，突然喊道："慢！既然是一家人，那就打开天窗说亮话，咱们合伙干，怎么样？"这对男小偷来说正中下怀，于是一把抓住女小偷的手，说："好，一言为定！从今后，我们有福同享，有难同当，大干一场！"

从此，这一男一女两个小偷就结成一体，他们互相配合，互相掩护，所以连连得手。半年下来，就都成了腰缠万贯的暴发户了。

有一天，这两个小偷在饭店里吃饭，酒足饭饱以后，女小偷对男小偷说："哎，咱们结婚吧，到时候我生他十个八个的，不管男女，统统培养成小偷，有那么一批世界一流水平的神偷，我们就能成为全世界第一流的大富翁。"男小偷听了，高兴地说："好，对你的宏伟计划，我赞成，明天结婚！"

就这样，两个小偷成了一对夫妻。不到一年时间，果然生下一个五官端正、眉清目秀的小男孩，两夫妻当然非常高兴。

时隔三天，他们发现了个十分严重的问题：孩子右手老是弯在胸前，小拳头总是捏得紧紧的,你若稍稍扳动一下他的指头或胳膊,他就哇哇大哭。很显然,孩子的右手是有残疾的。

谁都知道,小偷的功夫主要在两只手上,人们之所以称小偷为"三只手",就是说他们手上功夫到家。现在这孩子一只手是残废的,别说培养世界级的神偷,就是做普普通通下三流的小偷也不够格呀。因此,做父母的作出决定:哪怕倾家荡产,也要设法把孩子的手治好。

但是天不遂人愿,他们跑遍了整个城市的所有医院,找了许多名医,却是竹篮打水一场空,没有一个医生能让孩子的拳头放开,连松动一下都办不到。

后来经人介绍,他们找到了一位老中医。这位老中医在给孩子作检查时,发现他的小眼睛老是盯着自己手腕上的金表。他觉得很奇怪,就脱下金表,对孩子说:"你喜欢我这块金表吗?好,你接住,我送给你。"说着,把表递到孩子面前。谁知那孩子一见金表,果然伸出两只手来接了。更奇怪的是,那只一直掰不开的小拳头也松开了,只听"当"的一声,从他手心里掉下一件东西来。男小偷赶紧从地上拾起来,一看,啊,竟是一只金戒指!他忙问女小偷:"你看看,他从你肚子里带出来这么个玩艺儿,难怪他死不松手呀!"女小偷一见金戒指,失声叫道:"啊!这不是我的结婚戒指吗?天呐,他什么时候偷去的?我怎么一点都不知道?"男小偷说:"好极了,这孩子一出世就能偷戒指,长大了肯定是小偷王。"老中医笑笑说:"别忘了,他可六亲不认!"

男小偷、女小偷一听,全愣了。

(张　芜　改写)
(插图:胡国强)

选贪官

昨天,大古乡党委马书记到县里出席一个反腐倡廉的座谈会,会上,县委书记讲了话,他要求各部办委局、乡镇加大反腐力度,搞好自查自纠工作,并上报有腐败行为的典型事例。根据马书记的领会,好像是要"选"一名贪官。

马书记回来后把会议精神一传达,乡党委、政府一班人全都傻了眼:只听说过选劳模、选先进,还没听说过选贪官的。马书记连忙组织党委委员召开紧急会议商议此事,可事关重大,大伙都不说话。

见大家都一言不发,马书记只好挨个点将,他先对龙乡长说:"龙乡长,你看这事怎么办?"龙乡长忙说:"我还没考虑好,"马书记又问常务副乡长老赵,老赵说:"我听马书记您的。"问其他委员,都说:"听马书记您的指示。"

　　一帮滑头！马书记生气了：你们都不愿得罪人，让我去得罪人？他端起茶杯"咕嘟咕嘟"灌了一气。真空杯的容量小，喝了两口就剩茶叶了，马书记叫了声："老胡——"

　　老胡是乡大院烧开水的，乡大院烧开水可是个累活，起早贪黑，又脏又累，干三天两早晨就把人吓跑了。断了开水，弄得乡大院里怨声载道，只得聘请了这老胡。老胡能干能吃苦，开水总算能保证供应了，可他还是个临时工。

　　这当口，老胡进来给马书记续上水，又给龙乡长、赵副乡长和其他几个委员一一续水，然后，老胡拿起桌上的烟，给每人发了一支，就在老胡把烟盒放到原处的一霎间，他那双滴溜溜转的眼睛盯住了马书记面前的烟缸，那烟缸里有一支马书记仅吸了两三口就掐灭的烟，还很长，老胡飞快地把那大半支烟掖在手里，然后若无其事地出去了。

　　这个动作，被在座所有的人都看到了，因为大家闲着无事，都在盯着老胡看。

　　"对了，我想起来了——"宣传委员小李忽然说，"咱们不如就选老胡算了，老胡有贪污行为！有一天晚上，我下乡回来，看见老胡用板车拉了一车煤回去。虽然我只看到这一次，可肯定还有没被发现的贪污行为！"

　　赵副乡长也说："要说拉公家的煤，我倒是没看见，只看见过老胡偷公家的菜，那次我陪客，喝多了酒，跑到食堂的后面去呕吐，看见老胡把一个大篮子交给他老伴，里面的肉、菜都看得清清楚楚。"

　　众人一听，眼睛一亮，齐声说："对，对，就选老胡！"

　　马书记皱着眉说："可老胡不是干部，连一般的职工都不是，他是临时工呀!"

龙乡长这时说话了:"那也好办,前几天不是才下来一批招工指标吗?给老胡办一个,到时聘任还不是马书记您一句话?"

小李脑子灵活,说:"对,让打字室马上打个文件,任命他当个干部不就行了?反正也是个空衔,只给县廉政办看,又不让别人知道。"这主意不错,在乡里提拔一个干部还不是小菜一碟?马书记点点头,文件立马就下来了,任命老胡为后勤办公室副主任。

材料很快报了上去,县廉政办对"胡副主任"作了免职处分。任务胜利完成,大家非常高兴,为此还在马书记的内弟开的、全乡最好的馆子"好再来"摆了三桌,好好庆祝了一番。

不久的一天,乡里又来了客人,给客人倒水时,发现瓶里没开水,马书记喊老胡送开水,却没人应声。小李忙去锅炉房一看,只见炉子灭着,老胡却不见了踪影。好不容易才在后勤办公室找到老胡,只见他正跷着二郎腿、眯着眼听戏呢!小李责怪老胡:"你怎么不烧水?客人都渴急了!"

老胡不紧不慢地说:"我也是正式职工,我凭什么要侍候你们?"原来,老胡被免了"官职",却保留了"公职",竟成为乡政府里的正式职工了!

小李一看老胡那模样,只好去把马书记找了来。马书记非常生气,训斥道:"老胡,你想干啥?是不是不想干了?"

"你能把我咋了?"老胡跳了起来,腰一挺,头一扬,右巴掌在胸前一拍,叫道:"我是贪官我怕谁!"

(一 冰)

(题图:李 加)

这个乡长不一般

说起办公室主任这个位子,那真是说大不大,说小不小,方方面面要打点妥当可不是件容易的事。这不,老王是安吉乡的乡办公室主任,这天正忙呢,突然接到老婆打来的电话,说娘家的三舅在集市上卖假老鼠药,被夏乡长带人给抓住了,她让老王赶紧把三舅给弄出来。

一听这话,老王脑袋"嗡"的一声就大了:夏乡长是自己的主管领导,这几天正为乡里招商引资还差六百万的事着急上火呢,这会儿再去找他说这事儿,这不是火上浇油吗?

生气归生气,可人还得往外弄啊。老王只好硬着头皮来到夏乡长的办公室,吭哧吭哧地说明了来意。

夏乡长听了脸一板,说:"王主任啊王主任,现在招商引资的任务这么重,你还有心思搞这些七七八八的事?再说那个卖假药的老头,满嘴的外地口音,怎么成了你老婆的三舅?"

老王赶紧解释:"夏乡长,我老婆的三舅小时候家里穷,被过继给了南方的亲戚,现在岁数大了,叶落归根。他没什么技术,也没多少积蓄,这才打起了卖假老鼠药的主意……"

老王越说声音越轻,就等着夏乡长一顿臭骂。不料,夏乡长突然一拍大腿,哈哈大笑道:"有了,老王,招商引资的事有着落了!不是还差六百万吗?把你三舅的名字补上,投资额就写六百万,企业名字嘛,就写——三鹫生物化工有限公司,记住,要写秃鹫的鹫!"

老王惊得眼珠子差点没掉出来:"这……这也能行?县里每个月要报进度,还经常下来检查,咱这样能蒙得过去?"

夏乡长有点不耐烦了:"怎么不行?你三舅是不是从外地来的?做老鼠药用不用化学药品?投资额嘛,全在嘴上一说。至于检查,更不用担心,领导喜欢看的都是几千万的大项目,这种几百万的小企业,就是八抬大轿去请,也不会有人来看。做事要有长远眼光,我自有道理,你就放心填吧,厂址随便找块边角地,进度就写每月五十万,到明年年底正好完成!至于你三舅,我马上通知工商所放人!"

老王只得照办,他把表填好,报到了县里。不久,安吉乡被评为县里招商引资的先进单位,老王跟着夏乡长去开会,看着夏乡长满面红光地上台领奖状,老王觉得心扑通扑通直跳,心里直念叨:三舅啊三舅,你晓不晓得,这大奖状也有你的一半啊!

因为老觉得欠三舅个人情,老王就常去给三舅送点东西留点钱,把三舅乐得合不拢嘴。可时间一长,老婆不高兴了,这三舅整天游手好闲,娘家人都腻歪透了,老王还像供菩萨似的供着他,这不是吃饱了撑的?

老王耐着性子劝老婆：可别拿三舅当瘪三，现在他就在乡里的企业家名单上，万一因为生活困难再折腾出点啥事来，自己这个办公室主任可就得吃不了兜着走！

没过几天，夏乡长又把老王叫到办公室，指了指桌上的一份文件，说："老王啊，县里给咱提意见了，说企业投资进度太慢，得赶一赶进度了。你这次填表，把你三舅这个公司的投资数填大一些，让他开工生产得了！"

老王硬着头皮，按着夏乡长的意思填了上去。没过多久，夏乡长又领回来一块大奖牌。

到年底了，老王接到通知，说上头要来乡里检查，检查名单里清清楚楚地写着要看这个三鹭生物化工有限公司。这下老王可慌了神，拿着通知就来找夏乡长。

夏乡长拿起通知看了看，得意地笑了笑，说："没事儿，按着名单安排接待，把最后一站放在这个三鹭公司。哎呀，老王，你是不知道，为了能让人家来看这个投资六百万的小化工厂，我费了多大的心思！"

老王愣了，心想，这夏乡长不是没事找事吗？看着老王一脸的迷惑，夏乡长站起身，拍了拍老王的肩膀，说："老王啊，当初我就告诉过你，做事要有长远眼光，就拿这个三鹭公司来说吧，咱总不能瞒一辈子吧？"

老王彻底蒙了，这个夏乡长，葫芦里到底卖的是什么药啊？

检查组到了，按照安排好的路线，最后一站是三鹭公司。老王硬着头皮，把检查团带到了一片光秃秃的土地上，检查团一下车，全愣了——这是什么企业啊？

这时，夏乡长拉着老王的手，站在大家面前，大声说道："各位领导，最后让大家看的这块空地，就是三鹭生物化工有限公司，这家企业，是我们办公室王主任的亲戚开的……"

老王的血压一下就上来了,好你个夏乡长,糊弄上级是你的主意,现在却把责任推到我头上。老王刚想分辩几句,夏乡长使劲掐了掐老王的手,继续说:"这家企业投资进度特别快,原定一年的工程半年就投产了。谁知这家企业一投产我们才发现,它的污染非常严重,我们怎么能用群众的健康去换经济效益呢?这是绝对不允许的,必须要把它赶走。我们老王多次给他的亲戚做工作,就是做不通,最后老王大义灭亲,带头开着铲车把厂房给铲平了!为这事,他得罪了一大帮亲戚啊……"

夏乡长话音刚落,周围就响起了热烈的掌声,老王听得晕晕乎乎的。

当晚的庆功宴上,老王成了焦点人物,领导同事纷纷向他敬酒,老王心里忐忑不安,结果没喝多少就醉了,同事们把他扶到办公室休息。老王睡了没多久,突然觉得耳朵疼,睁眼一看,老婆正拧着自己的耳朵嚷嚷:"喝,就知道喝!家里出事了知道不?"

老王打着酒嗝,问:"老婆,别拧了,家里出啥事了?"

老婆气哼哼地说:"咱三舅出事了。"老王一晃脑袋,说:"他能出啥事?又去卖假老鼠药了?"

老婆气得把老王拎了起来:"这次出大事了!我刚接到派出所电话,说咱三舅冒充华侨骗吃骗喝,被人抓住了,你赶紧想办法把他弄出来!"

老王一把捂住了老婆的嘴:"你小点声儿!今天的庆功会上,夏乡长说明年要引进一批外资企业,要是让他知道咱三舅敢冒充华侨,明年还不知道要弄出什么花样来呢!"

(邢　东)
(题图:谭海彦)

爱犬今年 48

李经理家养了一只名犬,模样伶俐,颇通人性,全家人把它当宝贝一样看待,十分喜爱。

一天,爱犬得了痢疾,拉泻不止,李夫人便把它抱到宠物医院去看病。

大夫查看了狗的症状,询问了病史,就开处方。

大夫问:"狗的名字?"

李夫人答:"李廉明,木子李,广兼廉,日月明。"

大夫咕哝道:"这世界真怪,狗也跟人姓,还起了个人的名字。"

大夫问性别,李夫人说"男"。

大夫笑着摇了摇头,在处方单上填了。

大夫又问狗龄,李夫人说"48",大夫吓了一跳,抬起头说:"不对吧,狗这东西,10岁就算高寿了,哪会活到48岁呢?"

李夫人听了生气地说:"你这大夫,我咋说你就咋写,干吗那么啰嗦!给你明说,李廉明是我老公的名字,他是公司经理,单位能报销。我们家小狗的名字叫酷哥二世。"

小狗虽然没精打采,但喉咙里还是低低地"咕"了一声,算是回答主人。大夫听说这条狗是公费医疗,手下的笔就不再留情,处方笺上开满了药,连进口针剂都用上了。

李夫人又让开两盒痔疮膏和两条尿不湿,大夫知道这又是给人开的,因为狗不会得痔疮,也用不上"尿不湿",他抱歉地对李夫人说:"对不起,我们医院没有这些,你如果需要,可以开些洗发水、护发素、沐浴露,拿回家后人和狗都能用。"

李夫人就让他开了一大堆洗发、护发用品,结果一算账,是"1588"元,"要我发发",是个吉祥数字!

李夫人在医院结完账,领过药,又给狗在注射室里打了针,拎了一大袋东西,抱着狗高高兴兴地回家了。

第二天,李经理拿着给狗看病的发票,到公司财务科报销。财务科长接过单据,觉得有点不对头,但来报销的是领导,他哪能说三道四?所以他还是签过字,让出纳小王按正常情况报了。

李经理前脚走出财务室,小王就忍不住笑起来,科室同事问她笑什么,小王止住笑,说:"你们快来看,这发票上的内容太逗了!"大伙儿一听,一齐围过去看,只见发票上写着:

犬名:李廉明;性别:雄性;毛色:白底黑圆点;年龄:48岁。

(张建林)

(题图:李 加)

传染

古人说:"饱暖思淫欲。"那意思是说人,吃饱了,穿暖了,就会想入非非。你可别说,这还真是条规律呢!

刘老汉养了几口猪,原先喂它们杂粮、山菜,后来,刘老汉的一个老乡在县上开了一个饭店,让他去取泔水喂猪。老乡的饭店挺高档,进进出出的大都是有头有脸的,吃的喝的自然也不含糊,这从泔水里就能看得出来,那里面尽是大鱼大肉、山珍海味。猪吃这样的泔水,膘明显长得快了。

有一天,刘老汉无意间发现几口猪吃完食不睡觉了,而是凑在一起交头接耳、叽叽咕咕,还不时爆发出"嘿嘿"的傻笑声,有的竟倒在地上直打滚撒欢儿,开始刘老汉没在意,可是一连几天都是如此。

刘老汉觉得奇怪：这些贪睡的家伙以前可不这样啊！猪吃完不睡觉影响长膘，他可不能不管。

刘老汉悄悄凑到猪圈边想弄个明白，他竖起耳朵一听，就听见公猪"大老白"正绘声绘色地讲着什么，细听，它在讲笑话呢，好像还是带荤的笑话。刘老汉又好气又好笑，忍不住大声呵斥道："我看你们是吃饱撑的，快睡觉，少给我扯那个！"

猪们"轰"的一声散开，倒在地上睡觉了。

猪们并没有把主人的话当回事儿，吃食时或是吃完食后还在扯"那个"。刘老汉火了，这天，他拎着烧火棍子冲进猪圈，猛揍讲得正欢的"大老白"，"大老白"疼得"嗷嗷"直叫，满猪圈乱蹿，刘老汉抓住它，揪着它的一只大耳朵，气急败坏地嚷道："说，你们这些家伙为什么讲那些个黄故事、荤笑话，都打哪听来的。"

"大老白"缩头缩脚、憨声憨气地说："自打吃上泔水，这些荤话张口就来了，俺也不知道是咋回事啊……"

(李雪涛)

(题图：李　加)

狗证难办

区综合管理办公室最近下了个通知，小区的养狗户都必须办理养狗证，否则一律捕杀。

老张家也有条爱犬，为办证，他专门请了半天假。

这天，老张吃过中饭就出门了，东找西问，总算找到了那个小小的办事处。一看，呵，来办证的人还真不少哪！老张排了一个多小时的队才轮到，交上十元钱，领了两张基本情况登记表。表很简单，无非是姓名、性别、年龄、家庭住址什么的，老张三下五除二就填好了。接着再排队，等候审验。

又等了一个多小时，老张终于站到了办证小姐的面前。办证小姐拿起他填写的登记表，瞄了一眼，二话没说就甩了出来。老张丈二和尚摸不着头脑,难道填错了不成?他上看下看左看右看,怎么也没看出问题出在哪里。

老张小心翼翼地凑近办证小姐问道:"同志,这表……"

办证小姐极不耐烦地指指表格:"这么大的人,怎么变成狗了?"

老张仔细一看,差点没抽自己一嘴巴。原来他拿的两张表格,一张是人表,一张是狗表,他全给安到自己身上了。于是他赶紧掏出笔,"刷刷刷"几下就把表格上的人改成了狗。

改完了又重新排队,又等了差不多一个小时,老张又恭恭敬敬地将表格递了上去。办证小姐这次主动开口说话了:"涂改无效,到总部写申请,领新表!"

老张看她那蛮横样子,根本没有通融的余地,只好去总部写申请,领新表。这样折腾了一圈再回到办事处,已经快到办证小姐下班时间了。想想请假要扣工钱,老张就求办证小姐帮忙把自己的事给办了,可好说歹说不管用,他只得怏怏地回家。

第二天,老张只好又请了半天假,这次多少有了点经验,所以很快就通过了审验。办证小姐拿出一叠发票,面无表情地说道:"五十元审验费,一百元管理费,二十元工本费,另外还要两张近期彩照。"

老张硬忍着心里的火,商量着说:"钱有,可我没带照片,能不能帮……"

他话没说完,办证小姐已经转过身喊道:"后面一位!"

这是求人的事,老张再有脾气也不能发,只好乖乖地回家取来照片。这次总行了吧?原以为可以松口气了,没想到办证小姐朝他直翻白眼,没好气地说:"给狗办证,拿你的照片来干吗?"

这下动作可大了,得劳驾狗大人了。幸亏老张家附近有家照相馆。

照相师傅很友好,没有因为给狗照相而人眼看狗低。可问题是狗不领情,怎么也不肯安稳地坐到椅子上,最后老张只好抱着狗来了张合影,五十元快照费一交,照片马上就到手了。

老张把狗送回家耽误了时间,他一路飞奔,终于在办证小姐下班之前赶回了办事处。办证小姐一看照片,撇着嘴说:"我们实行一狗一证制,你怎么把人的手也拍进来了?哪里照的?"

老张摸着脑袋拼命地想:"叫什么……'春光'来着……"

"不行!必须到'秋色'去照,那才是定点的证件照相馆。"

眼看今天请了假又是白费,老张几乎要跪下来了:"你就不能……凑合凑合吗?不就是一张养狗证吗?"

"那哪行,我得按上面规定办。"

"那……我明天还得再来?"

"明天星期六,双休日这里不办公!"

唉,办个证咋这么难?老张只好自认倒霉,他疲惫外加狼狈地回到家,倚在门边刚想喘口气,不料儿子冲出来朝他大叫:"爸,好消息!咱家狗狗生了,整整十只!呦!"

"我的爷爷呀!"老张"扑通"一声,瘫倒在地。

(张文刚)

(题图:李 加)

鬼怕大肚

这是一个在民间流传甚广的故事。

说将军乡有个乡长叫林大肚,虽不是什么大官,可凭着执掌一乡的权力,不但吃出了花样,吃出了档次,还吃出了名气,吃得几个乡办企业叫苦不迭;有来必请吧,还真开销不起;拒之门外吧,却又不敢开口。毕竟是一乡之长嘛,得罪了土地爷,保准吃不了兜着走。

有个年轻厂长气不过,私下里联系一伙人给县里写信,告林大肚"吃拿卡要",却不知怎地,这信七转八转竟然转到了乡里。这下给林大肚抓住了"把柄"。碰巧那个年轻厂长要征地扩展厂房,盖了46个图章,最后一关却卡住了。卡在哪里?卡在林大肚的手里。

俗话说得好:"官逼民反,民不得不反。"这天,年轻厂长在碰头会上和另几个"患难"厂长商量了半天，商定出一个"杀招"来：在乡长的座椅底下做个"机关"，只要人一坐上去，便会被摔到机关中，虽说摔不死吧，也要摔他个重伤，而且，还要叫林大肚有苦说不出。

到了这一天，几个人还真把乡长给请来了！几个人正等着看好戏呢，却谁知那乡长一屁股朝这把"特制"的座椅上坐下去，奇怪，那椅子却不摇也不晃。那大肚子乡长可能吃啊！真是急坏了那几个人，他们趴到椅子底下一看，只见有几个小鬼正吃力地顶住机关，不让那乡长掉下来。

几个人感到奇怪，年轻厂长壮着胆子问道："你们这些鬼好不晓事，怎么帮那个贪嘴的乡长？"

"我们也没有办法，这都是阎王的命令，"一个小鬼解释道，"阎王说了，这么能吃的人，阴间也招待不起啊。"

(邵智康)
(题图：李　加)

跌　　倒

　　海边有个渔村，村里人靠捕鱼为生，所以年轻一点的男人常年出海在外。

　　男人一出海，女人就很寂寞，于是不时就有红杏出墙的花边新闻传来。不过，那些女人干了这种事后，又常常觉得后悔，便到村里的牧师那儿去忏悔。次数一多，牧师感到很烦，就对这些人说，"偷情的事说出去不好听，就是这两个字也太刺耳，以后你们最好把'偷情'这两个字改成：'跌倒'，你们只要讲'跌倒'，我就知道是这种事儿了。"

　　就这样过了几个月。

　　这天，这个牧师要调到别的地方去了，村长来送他。牧师把那些女人忏悔的事说了个大概，并关照村长，不要忘了转告以后新来的牧师关于这个"跌倒"的意思。

村长是个马大哈,一转身,就把牧师的关照忘了个一干二净。

新牧师到任第一天,就有个女人找来,红着脸,低着头,喃喃道:"我……我昨晚'跌倒'了……"牧师轻轻安慰道:"跌倒?跌倒了,再爬起来不就行了……"可是牧师话没说完,就见那女人转身走了。看着她疾走的背影,牧师大惑不解。

过了几天,又有个女人来见牧师:"我……我'跌倒'了。"牧师脱口说:"怎么又跌倒一个?"话音刚落,只见那女人脸一红,拔腿就走。

一连几天,总有来找牧师说"跌倒"的。牧师终于忍不住了,他当即把村长找来,说:"我才来了这么些天,就连着听到女人们说跌倒的事儿,你是不是该考虑叫人修修路了?"

村长这才突然想起老牧师离任时,让他转告关于"跌倒"的意思,顿时乐得哈哈大笑。

新牧师自然不明所以:"你……你笑什么,我可是说正经的,你夫人这几天就已经连着跌倒三次了!"

(平　晋 编译)
(题图:李　加)

局长回家

这周星期二，是单位的下基层日，詹局长在外头整整跑了大半天。在回城的路上，他突然想到，反正时间还早，何不趁机回乡下去看望一下父母呢？于是他打发秘书跟着局里的车回去，自己则直奔汽车站，上了一辆长途车。

没多久，他就到家了。他爸爸詹长夫正准备出门，可一见到儿子，老人当时就愣住了。他呆呆地看着儿子，好半晌才问："你怎么m就……回来了？"詹局长说："今天没事，回来看看。你和妈妈身体还好吧？"

詹长夫没有回答儿子的话，他脸上现出了惊恐的神色。以前每次儿子回来，都是秘书一口气把小汽车开到院子前的，像今天这样儿子单独回来的情况，可是从来没有发生过啊。

詹长天又一想：今天早上一开门，就听见乌鸦在树上哇哇叫，当时他还嫌不吉利，连连"呸"了几声，难不成这倒还真灵验了？他赶紧问儿子："你的车呢？"

詹局长说："我是坐长途车回来的。"

"啊！"詹长天听了，应声一屁股坐在地上。

詹局长可是村里的骄傲：第一个大学生，第一个当上局长。每次回家，他都被"弄"出一副衣锦荣归的气派。每次村子里的男人女人，大人小孩都会围着他的车子发出赞叹。可今天到底是咋回事呢？詹长天再也憋不住了，看着儿子的脸，问："你……出事……啦？"

詹局长没有反应过来，半晌，才呵呵地笑道："没有，我半年没有回来看你们了，今天空闲……"说到这，詹局长的手机响了，他边接电话，边往榕树下走。詹长天伸长耳朵，隐隐约约听到儿子说："出事了？怎么这么不小心，嗨呀……"

坏了，坏了，真是"出事了"。詹长天慌里慌张跑到田里，把老伴叫了回来。

女人毕竟更容易乱操心，一见面，母亲便迫不及待地问："你媳妇呢？儿子呢？他们怎么没来？"

可詹局长刚接到电话，说刘副局长不小心摔断了腿，他便临时考虑起工作调整来，回答自然有些心不在焉。

詹长天见儿子这副样子，忙朝老太婆使眼色，说："回来好，好好休息休息吧，你看，我们每次进城你都是开会，喝酒，多累啊。"

不一会，村长闻讯赶来了。村长也是看着詹局长的脸，小心翼翼递上烟，问："今儿得空？"詹局长把烟推回去，解释说："是的，如今考评干部，就包括对父母的孝敬，所以我要争取多回来。"

这时，詹局长的手机又响了，他再次走到榕树下去接听电话。原来是办公室主任来汇报，说刘副局长已住进医院。

这边，村长皱着眉头，对詹长天说："孩子确实出事了，他神色不对，他是想转移我们的视线，让我们不要为他担心，用心良苦呀。"

詹长天的嘴巴张得老大，半天合不拢。

詹局长接完电话，走过来。村长马上说："詹局长，你如果遇上麻烦事，就在村子里多待些日子，好好休息。我们任何时候都不会对你有看法，更不会嫌弃你。"

詹局长一时没反应过来，呆了一下，突然呵呵大笑起来。他说："你觉得我像犯了事吗？"村长抽了几口烟，说："现在反腐力度加大了，广东那边一下就抓了十几个……"

这话听得詹局长有些生气了，他想：自己平时没少关心家乡的人和事，只要帮得上忙的，自己都会尽力而为。可要说贪啊捞啊，这种事自己从来就没干过。村长这话可说得太难听。

村长见他脸色不对，坐了一会儿，就推说有事先走了。

谁知道，才一顿饭的工夫，全村子都在疯传詹局长出事了这个消息。于是，又有很多人涌进院子里，这些人多半是得过詹局长关照的，有张老伯、李婶、刘妈、胡嫂等等。他们有的是进城看病，等了几天还看不到专家号，就请詹局长帮忙；有的是想送孩子进县城重点中学读书，但因为交不起赞助费，就找詹局长通融。

只见张老伯拉着詹局长的手说："孩子，城里待不下去了，就回来，只要有我一口吃的，就少不了你的。"

李婶说："凡事想开些，没有迈不过的坎。二十年河东，二十年河西，风水轮流转……"

"冤啊……"远处传来一个大嗓门,只见王伯伯从外面跌跌撞撞进了院子,他拉着詹局长的手说,"孩子,你一定是受到坏人的陷害,有人给你下了眼药,你这样的好官怎么可能腐败……"三年前,王伯伯的孙子得了白血病,治疗费是一笔天文数字。王伯伯求到詹局长门下,詹局长二话没说,就在局里发了捐款倡议书,然后又到医院去协调,最终王伯伯的孙子得救了。

詹局长实在听不下去了,他拍着王伯伯的肩膀,对大家说:"大家放心,我就是想散散心才回来的,希望大家让我静静。"

送走乡亲们,詹局长来到村东头的古樟树下。这里,是他小时候的乐园,岁月匆匆,往事悠悠,他正感慨呢,那边有人往这边走来。快到面前时,他认出来人是丁聪明。他刚想喊,丁聪明却回头走了。十几分钟后,一辆小轿车开了过来,是很漂亮的宝马车。车开到詹局长面前,停了下来。这时,丁聪明从车上走了下来,皮笑肉不笑地问道:"一个人回来?不孤独吗?"

丁聪明与詹局长是小学同学,但詹局长一直瞧不起他,觉得他太世俗。好在丁聪明还算争气,现在也当上了老板。

詹局长对他刚才的举动不理解,就随口回答说:"一个人走走,清静。"

丁聪明一声冷笑,说:"何必打肿脸充胖子!"

詹局长蓦然明白了,原来"自己犯了错误"的消息传开了,丁聪明转回去开着宝马车是想来羞辱他,报复他!

詹局长十分恼火,但他还是极力克制着。

丁聪明继续说:"回来干什么呢?种田?你肯定干不动农活。不过你可以到我的公司来,我给你个营业部主任干,咱们毕竟是同乡,我不能看着你落难不闻不问,是吧?"

詹局长忍无可忍了，终于一挥手，说："真是一个土鳖，你神气什么？"说完就愤怒地走了。丁聪明却冲着他的背影大声嚷道："神气？你还神气得起来吗？"

詹局长一分钟也不想在家待了，他给父母打了个招呼，就直接回到城里。

第二天上午，詹局长在办公室坐定，刚要通知大家开会，就接到父亲打来的电话，说有五十多个乡亲聚在院子里，准备进城来为他鸣冤。大伙儿都说，肯定是有坏人对他使绊子下套子。

詹局长大吃一惊，立即叫父亲制止乡亲们进城，并说自己马上就回村里。

放下电话，詹局长立即叫上局里的三辆小车，把家里吃不完的东西统统装上车，又到超市买了几大包食物，然后叫上办公室几个同志，浩浩荡荡地向家乡奔去。当车队出现在村子里时，詹局长没有立即回家，而是叫司机绕着村子跑了五圈。

他这才叫车子在家门前停下，一行人下了车，詹局长大喝一声："把东西搬进去。"随车来的人便迅速把吃的用的都往屋子里搬。

詹长天见了这阵势，才彻底松了口气，进到屋子里拿出一挂鞭炮，对围观者说："我儿子没出事，还是局长！"

此刻，小院子里响起了"噼噼啪啪"的鞭炮声。

（马汉卿）

（题图：谢　颖）